Emanuel Schikaneder

Der Grandprofos

Ein Trauerspiel in 4 Aufzügen

Emanuel Schikaneder

Der Grandprofos
Ein Trauerspiel in 4 Aufzügen

ISBN/EAN: 9783743438620

Hergestellt in Europa, USA, Kanada, Australien, Japan

Cover: Foto ©Andreas Hilbeck / pixelio.de

Manufactured and distributed by brebook publishing software
(www.brebook.com)

Emanuel Schikaneder

Der Grandprofos

Der Grandprofoß.

Ein Trauerspiel
in vier Aufzügen.

Von
Emanuel Schikaneder.

Regensburg, 1787.
in der Montagischen Buchhandlung.

Personen.

Der Grandprofos.

Obrister, mit einigen Offiziers.

Fähndrich Knall,
Feldwäbel Knall, } zwey Brüder.

Knallin, des Feldwäbels Frau, mit zwey Kindern, von 3 bis 4 Jahren.

Alter Knall, ein reicher Kaufmann.

Ein Bauernmädchen, von 9 Jahren.

Rahm, ein gemeiner Mann und Furierschüz des Fähndrichs.

Hofer, ebenfalls ein Furierschüz.

Regimentsadjutant.

Läufer, ein Pardonirter.

Marketänderin.

Scharfrichter.

Zwölf Reuter, welche den Grandprofos begleiten.

Soldaten.

Seinem

wertheſten Freund,

dem

Herrn Karl Marinelli,

Kaiſerl. Königl. privileg.

Schauſpieldirektor,

widmet

dieſes Werkchen

zum Zeichen ſeiner wärmſten Freundſchaft

der Verfaßer.

Vorerinnerung.

Der Beyfall den gegenwärtiges Trauerspiel, bey dessen Aufführung erhielt, könnte allerdings ein Beweggrund seyn, warum ich es der lesenden Welt mitthei-
le. Allein ich schreibe nicht für Leser, ich
schreibe für die Bühne; dahin verweise ich
selbst meinen Herrn Recensenten; und —
er mache sich alsdenn noch lustig. Die
allgemeine gesammelte volle Thränenärnte
dieses Stückes ist mir Beweiß und Befrie-
digung für meine Arbeit. Mein einziger
Hauptzweck dabey ist, für die Kasse des
Direkteurs zu arbeiten, und zu sehen was
die größte Wirkung auf der Bühne macht,
um ein volles Auditorium und gute Ein-
nahmen zu erzielen. — Sollte dieses
Trauerspiel auf ausländischen Bühnen eben
diese Wirkung thun, die es auf der meinigen machte, so würde es mich bewegen,
siebenzehn noch ungedrukte, aus Trauer-
spielen, Lustspielen, komischen Opern, und
einigen Possen bestehende Stücke heraus-
zugeben. Ich erwarte hierüber den Wink
des Publikums.

Um

Um diesem Trauerspiel alles mögliche Täuschungsvermögen zu geben, ist nöthig; daß alles mit größter militairischer Genauigkeit begleitet werde.

Das Bauernmädchen, ein Mädchen von zehn Jahren (nur nicht älter) that erstaunliche Wirkung. Ich wünsche jedem Direkteur Herrn Rousseau's ältere zehnjährige Demoiselle Tochter, von welcher wir die erste Probe unter uns nicht ohne Thränen aushalten konnten, und welche bey der wirklichen Aufführung des Stückes das Erstaunen aller Zuschauer und den lautesten Beyfall erregte.

Geschrieben zu Regensburg
den 8 April 1787.

Emanuel Schikaneder.

Erster

Erster Aufzug.

Das Theater ist ein Lager. Die Handlung
geht in des Fähndrichs Zelt vor; im ganzen Lager sind keine Soldaten zu sehen,
außer einige Schildwachen, die bey den
Zelten der Staabsoffiziers stehen; einige
Weiber kochen, die andern beschäftigen
sich mit Feueranmachen, oder Waschen.
Bevor der Vorhang aufgezogen wird,
hört man laut rufen: Die Arrestanten
heraus! Vor dem Ruf wird dreymal
die Trommel geschlagen, nach einiger
Zeit wird die Gardine eröfnet.

Erster

Erster Auftritt.

Rahm und Hofer.
(Alle zwey in zwilchenen Kitteln.)

Rahm. (Trägt Kaffee auf.)

Komm Bruder, sez dich nieder, laſſen wir
Exekution Exekution ſeyn; was geht die uns
an! — Wahrhaftig ich bin, das Todtſchießen
und Aufknüpfen zu ſehen, ſchon ſo ſatt, daß ich
keinen Schritt mehr vor das Zelt hinaus mache.

Hofer.

Auch ich. Meinetwegen hängen ſie morgen
hundert an einem Vormittag auf, ich ſehe gewiß
nicht mehr zu.

Rahm.

Jezt laß dirs ſchmeken, da iſt auch Brod,
wenn du Hunger haſt. Ich will ein Pfeifgen
Tobak dazu ſchmauchen.

Hofer.

Soll das gut ſeyn?

Rahm.

Himmliſch, Bruder, die Engel im Himmel
können nicht herrlicher ſpeiſen.

Hofer.

Hofer.

Das muß ich auch probiren. (Nimmt eine Pfeiffe aus seiner Tasche.) Mit Erlaubniß Bruder. (Füllt aus des Hofers Tobaksbeutel seine Pfeiffe.)

Rahm.

Nur zu.

Hofer.

Poz Element! das ist ja gar Knaster? He?

Rahm.

Freilich! ich und mein Fähndrich rauchen keinen andern als Knaster; — kost uns ja nichts — Er bekömmt alle Monat Tobak, Kaffee und Zuker von seinem Vater, der ein reicher Kaufmann ist, so viel er nur will; am Gelde fehlt es meinem Herrn auch nicht.

Hofer.

Was du mir sagst — und da raucht ihr alle Tage beym Kaffee so hübsch euer Pfeisgen dazu?

Rahm.

Nur ich allein. Der Fähndrich trinkt seine 6 auch 7 Schaalen Kaffee, brokt sich eben so viel Milchbrödchens hinein, stekt noch ein Dutzend

A 3   Zwie-

Zwiebak zu sich in die Tasche, dann dauert er schon bis Mittag.

Hofer.

Da hast du ja recht gute Tage bey ihm?

Rahm.

Die ich mir selbst mache. Mit seiner Erlaubniß bekäme ich das ganze Jahr nicht das Schwarze unter dem Nagel über meinen Lohn, und den wirft er mir noch treulich vor.

Hofer.

Und ist so reich?

Rahm.

Weißt du dann nicht das Sprichwort: Wer reich ist, hat nie genug.

Hofer.

Hast wohl recht.

Rahm.

Neulich hab ich mich recht geärgert; da kam sein Bruder, der Feldwäbel, und ersuchte ihn, ihm einen Dukaten zu leihen — Was? sagte der Fähndrich, einen Dukaten soll ich dir geben? Nicht einen Kreutzer, der Vater hat mirs verbothen,

lathen, dir mit keinem Heller auszuhelfen, und
das werd ich auch.

Hofer.

Giebt der Vater dem Feldwäbel denn gar
nichts? Sie sind doch alle zwey, wie man sagt,
leibliche Brüder.

Rahm.

Das sind sie. Der Vater haßt den Feldwäbel blos aus der Ursache, weil er sich ohne seiner
Erlaubniß verheyrathet hat. — Aber welcher
Mann würde so ein Weib nicht heyrathen, wie
diese; die so schön ist, und zugleich ihren Mann
so zu lieben weiß, daß es eine Freude ist, zuzu-
sehen, wenn sie sich küßen. Hätte sie die Klei-
der, die die Damen haben, viele müßten ihr
nachstehen. Dafür ist sie aber auch von recht
guten Eltern.

Hofer.

Was du mir sagst.

Rahm.

Weißt du das nicht? Sie ist eine gebohrne
Hauptmannstochter. — Ihr Vater, von armen
Eltern gebohren, hat sich durch Fleiß und gute
Aufführung zum Hauptmann geschwungen; hey-

rathete,

rathete, und erzeugte 14 lebendige Kinder mit
seiner Frau. Im vorlezten Krieg wurde er er=
schossen, und so mußten Mutter und Kinder von
ihrer Penston und Handarbeit, nach Möglichkeit,
sich nähren. Die Söhne irren in der weiten
Welt herum. — Zwey davon sind Offiziers ;—
Einige ihrer Schwestern haben ansehnlich gehey=
rathet; die eine bekam einen Major, die andere
einen Hauptmann, und diese verliebte sich in den
Feldwäbel, und wollte auch keinen andern hey=
rathen, als diesen; den sie aber auch über alles
liebt. — Sie ist mit dem Wenigen, was sie
hat, zufriedner, als manche Dame; und Kin=
der bringt sie dir, wie die Engel.

Hofer.

Da handelt der Alte aber doch auch ungerecht
an ihnen, daß er sie gar nicht unterstüßt. Wie
viel Kinder haben sie denn schon.

Rahm.

Vier. Wenn der alte Kauz sie nur sehen
möchte, ich wette, er ließ sich erweichen. An=
fänglich war er dem Feldwäbel gram, weil er,
ohne sein Wissen, gemeiner Soldat wurde; und
er hat es doch mit seiner Feder so weit gebracht,
daß er Feldwäbel geworden. Der Monsieur
Fähndrich Geizhals hingegen kömmt vom Stu=
diren,

diren mit leerem Kopf nach Hause; bringt mehr denn 12000 fl. auf der Universität durch — Dem jungen Herrn fällt ein, Offizier zu werden, — man steft sich hinter die Großen, weil es dem Herrn Sohn beliebte, ein Port d'Epee zu tragen, mit dem er sich nun so brüstet, daß er seinen Bruder nur über die Achsel beguft.

Zweyter Auftritt.

Marketänderin und die Vorigen.

Marketänderin.

Die zwey Herren sind nicht bey der Exekution? Wahrhaftig! wenn ich nicht so viel Gäste auf den Mittag auszuspeisen hätte, ich wäre die Erste gewesen, die hinaus gelauffen wäre; aber meine Herren Offiziers brummen gleich, wenn sie nicht auf der Stelle zu Tische sitzen können.

Rahm.

Hat sie denn eine so große Freude, wenn sie Menschen morden sieht? und sie lebt doch von uns Soldaten.

Marketänderin.

Mein lieber Rahm! das war nicht so gemeint. Ich habe keine Freude am Aufhängen,

A 5   oder

oder Todtschießen; aber mir gefällt nur das, wenn der Profos zum Major hintritt, und sagt: (Sie ahmt des Profosen und Majors Stimme nach, und stellt sich sehr steif.) Herr Major, oder Euer Gnaden Herr Obristwachtmeister, ich bitte für gegenwärtigen Delinquenten um Gnade! „Keine Gnade!„ Euer Gnaden Herr Obrist- wachtmeister, ich bitte für gegenwärtigen Delin- quenten zum zweytenmal um Gnade! „Keine Gnade!„ Ihr Gnaden Herr Obristwachtmei- ster, ich bitte für gegenwärtigen Delinquenten zum drittenmal, um Gottes Willen, um Gna- de! — Wenn nun dann der Major den De- gen so in die Höhe schwingt, und sagt: „Er hat Gnade!„ so wollt ich den lieben Herrn gleich für Freude in die Füße beißen. Aber ich halte mich zu lange auf. Herr Rahm, ich hab ihm gestern einen großen Wasserkrug geliehen, den brauch ich sehr nothwendig, gieb er mir ihn zurük, ich will ihn mitnehmen: sey er nur nicht böse, daß ich ihn so früh überlaufe.

Rahm.

Ganz und gar nicht — wenn sie schöner wäre, so käm sie mir niemals zu früh — die Erkäse könnte sie ersparen. Hier hat sie ihren Krug, ich bedanke mich recht schön.

Trat-

Marketänderin.

Befehl er nur, wenn ich ihm was dienen kann. (Man hört von weiten 3 Schüsse, die aber beynahe zugleich abgefeuert werden. Sie läßt den Krug vor Schreken fallen.) Ich bin des Todes! o mein Gott, der arme Mann!

Rahm.

I nu, Gott sey seiner armen Seele gnädig!

Hofer.

Gott tröste dich!

Rahm.

Der andere wird's auch bald überstanden haben, dann brauchen sie sich in dieser Welt nicht mehr kujoniren zu lassen.

Hofer.

Wollen wir nicht für sie beten? (Nimmt den Hut ab.)

Rahm.

Jetzt kann ich nicht beten; aber auf die Nacht wollen wir sie in unser Gebet einschliessen.

Marketänderin.

Ich wohl auch. Mich dauert nur der junge

große

große Mann, nicht einmal 22 Jahr alt; mit ge-
sunden Körper sich todtschießen lassen, ist wohl
hart. Wenn nur der Junge Pardon erhielte.

Rahm.

Alt oder jung; groß oder klein; Mensch ist
Mensch. Warum haben sie aber auch die Befehle übertreten? Es wurde deutlich genug
herunter gelesen, daß es jedermann verstehen
konnte, was Recht oder Unrecht ist.

Marketänderin.

Was haben sie denn eigentlich verbrochen,
Herr Rahm?

Rahm.

Der Junge ist desertirt, auf den sie so große
Stüke hält; und der andere hat seinem Kameraden heimlich einen halben Laib Kommißbrod
aus dem Tornister gestohlen.

Marketänderin.

Mein Gott! wegen so einer Kleinigkeit?

Rahm.

Ja die Befehle sind jetzt scharf. Wenn sie,
meine liebe Frau, nur eine einzige Zwetschke ohne
Erlaubniß vom Baume pflükt, und der Grand-

profos

profos erwiſcht ſie, ſo bindet man ihr den Rok zuſammen, und knüpft ſie ohne Gnad und Barmherzigkeit an den erſten beſten Baum hinauf, oder man ſchlägt ihr aus großer Gnade den Kopf herunter; — ſo lautet unſer neuer Befehl des Generals.

Marketänderin.

Wenn ich General wäre, ich würde keine ſo ſcharfen Befehle geben. (In der Ferne wird die Trommel geſchlagen.)

Rahm.

Was iſt das? — Man ſchlägt ſchon ab. (Es wird wieder geſchlagen.) Gott ſey ewig Dank! einer iſt gewiß pardonirt worden. Ich habe nur einmal ſchießen gehört.

Hofer.

Auch ich nicht mehr.

Rahm.

So iſt einer pardonirt.

Marketänderin. (Voll Freuden.)

O wenns nur der junge Menſch wäre!

Rahm.

Rahm.

Pfui! schäm sie sich, so ein abscheulicher wilder Regimentshader, wie sie, soll an junge Männer gar nicht mehr denken.

Marketänderin.

Ey warum nicht? wenn ich mich einmal wieder verheyrathe, so muß es ein junger, recht
hübscher großer Mann seyn, wenn er auch kein
Geld hat.

Hofer.

Bruder, da kömmt dein Herr in vollem Ga-
lopp geritten.

Rahm.

(Räumt die Schalen geschwind auf die Seite.)

Er wird dem Obersten Rapport abstatten.

Marketänd. (Läuft dem Fähndrich entgegen.)

Herr Fähndrich! Herr Fähndrich! hat einer
Pardon erhalten? Welcher dann, der Alte,
oder der Junge?

Fähndrich.

(Ahmt sie nach, ohne sich aufzuhalten.)

Der Junge, oder der Alte? Du wilder Teufel du? (Ab.)

Marke-

Marketänderin.

Das ist entsezlich! daß die Leute mich immer häßlich schelten. —— Ich denke die Zeit noch gar wohl, daß ich den Männern gar nicht zu häßlich war. (Ab.)

(Der Marsch mit der Trommel kömmt immer näher, das Regiment rükt vorbey, der Major und der Adjutant voraus. Der Soldat, Laufer, einige Mann Wache.)

Dritter Auftritt.

Marketänderin, Laufer und Wache.

Marketänderin.
(Läuft hinzu mit einem Brandweinfläschgen.)

Hab ich es nicht gesagt, der Große wird Pardon bekommen. Da trink er, Landsmann! das giebt dem Magen Kraft und Stärke.

Laufer. (Trinkt.)

Ich bedanke mich. Gott vergelt, und erset es ihr an Kindern!

Marketänderin.

Da seh ein Mensch, kaum dem Tod entloffen, und schon wieder so schlimm! Euch Soldaten
schrekt

schrekt doch gar nichts. — Weiß er was?
komm er auf Mittag zu mir, ich will ihm ein
recht gutes Mittagsmahl geben.

Laufer.

Vor heute bin ich schon versehen, ich speise
bey meinem lieben Herrn Feldwäbel.

Marketänderin.

Nu, so komm er morgen, es ist ihm allezeit
gewiß. Lauf er nur nicht mehr davon. (Ab.)

(Die Soldaten formiren einen Kreiß, und mit
ihren Gewehren eine Piramide; dann geht
jeder in sein Zelt.)

Vierter Auftritt.

Feldwäbel, Laufer, Wache.

Feldwäbel.

Es fehlt ihm doch nichts?

Laufer.

Nichts Herr Feldwäbel. — Ich bin so ge-
sund, wie vormals.

Feldwäbel.

Komm er mit; ich will ihn zum Herrn Obristen

sten führen — dort muß er sich für die Begna,
digung bedanken; und um 11 Uhr essen wir zu,
sammen.

(Rahm und Hofer, die während dieser Zeit
immer auf der Seite gestanden, laufen end,
lich hin.).

Rahm.

Es freut mich, Bruder, daß wir uns in die,
ser Welt wieder sehen.

Hofer.

Auch mich. (Beyde drüken ihm die Hand.)

Laufer.

Ich danke euch, liebe Brüder, für eure Liebe.

Feldwäbel.

Ist mein Bruder zu Hause?

Rahm.

Nein, Herr Feldwäbel, er ist zum Obristen
geritten.

Feldwäbel.

Ich werde wieder kommen. (Ab mit Laufer.)

B   Fünf-

Fünfter Auftritt.

Rahm und Hofer.

Rahm.

Der Feldwäbel ist doch ein ganzer Mann. Der Fähndrich ließ sich eher todtschlagen, eh er einem armen Teufel einen Bissen gönnte.—— der Feldwäbel hingegen, der Weib und Kinder hat, theilt heute Mittags seine Suppe mit dem Pardonirten.

Hofer.

Dafür wird er auch mehr Glük und Segen haben, als der Fähndrich —— Ha! da kömmt dein Herr mit dem meinigen. Leb wohl, Bruder! Auf den Mittag sehen wir uns beym Aufwarten. Noch einmal Dank fürs Frühstük.

Sechster Auftritt.

Lieutenant, Fähndrich, Rahm.

Fähndrich.

Nicht einmal den Tisch hat der Kerl noch gedekt —— Was habt ihr denn die ganze Zeit gemacht?

Rahm.

Rahm.

Ho! bis Mittag wird der Tisch noch hundert-
mal gedekt seyn.

Fähndrich.

Aber was habt ihr denn die ganze Zeit gemacht?

Rahm:

Nichts hab ich gemacht, Herr Fähndrich.

Fähndrich.

Das seh ich wohl, daß ihr nichts gemacht
habt — Zum Teufel werd ich euch jagen.
Warte, Kerl; zum Gewehr werd ich euch wieder
geben — das Exerziren wird euch schon fleißi-
ger machen.

Rahm:

Das bin ich schon gewohnt, da spielen sie mit
gar keinen Streich, Herr Fähndrich.

Fähndrich.

Da habt ihr Geld! — So setz dich doch,
Bruder.

Rahm:

Soll das mir?

Fähndrich.

Fähndrich.

Warum nicht gar! Eine Bouteille Burgunder und Bisquitt dazu sollt ihr mir bringen,
und das gleich.

Lieutenant.

Ach geh! wer wird jezt Burgunder trinken.
Du verdirbst dir das Mittagmahl.

Fähndrich.

Possen! Burgunder saufen vor dem Essen,
war ich schon gewohnt, ehe ich Soldat war. —
Nun was steht ihr denn, ihr Maulaffe? Bringen sollt ihr.

(Rahm brummelt einige unverständliche Worte,
und geht ab.)

Siebender Auftritt.

Feldwäbel, Vorige.

Feldwäbel.

Bruder, auf ein Wort! Sie erlauben, Herr
Leutnant!

Lieutenant.

Immerzu! ich habe ohnehin noch einen kleinen
Gang, bin aber gleich wieder hier.

Achter

Achter Auftritt.

Vorige, ohne Lieutenant.

Feldwäbel.

Bruder! eine Bitte; schlag mir sie nicht ab.

Fähndrich.

Was willst du? Geld? da mache dir nur keine Rechnung.

Feldwäbel.

So laß mich nur ausreden.   Du sollst —

Fähndrich.

Ich soll, ich soll! — Ich werde dir nichts geben.

Feldwäbel.

Aber meine Absicht wirst du doch anhören!

Fähndrich.

So mach es kurz.

Feldwäbel.

Ich habe heute einen Gast zu mir gebethen; dem Mann, der heute pardonirt wurde, will ich diese Freude machen; wenn du mich nur mit

zwey

zwey Gulden unterstützen wolltest; ich werde sie dir wieder bezahlen.

Fähndrich.

Zwey Gulden? — Nicht einen Heller — Hahaha! Leute zu Gast bitten, und kein Geld im Sack haben, das ist eine ganz neue Mode.

Feldwäbel.

Aber, Bruder, der Fall ist ja nicht immer. Ich möchte doch dem Mann, der bey meiner Kompagnie, und so schön gewachsen ist, auch eine Freude machen; vielleicht macht diese meine Handlung mehr Eindruk auf sein Herz, als zehn Todesängsten.

Fähndrich. (Spöttisch.)

Deine Absicht ist nicht übel — Ihr werdet vermuthlich ein Glas Wein dazu trinken.

Feldwäbel.

Das ist eben die Ursache, warum ich Geld brauche.

Fähndrich.

Das bildete ich mir ein. Ich will dir einen recht brüderlichen Rath geben; setze deinem Gast einen hübschen Krug Wasser, statt Wein auf

den

den Tiſch, ſo bleibt ihr alle beyde hübſch bey
Vernunft; und der Pardonirte wird auch die
Moral, ſo du ihm vorpredigen wirſt, künftig
nicht mehr davon zu laufen, eher begreifen
können.

Feldwäbel.

Bruder, ſchämſt du dich nicht deines Her-
zens? — Fremde Leute würden mir das nicht
ſagen, was mir ein Bruder ſagt.

Fähndrich.

Es iſt mir ärgerlich genug, dich zum Bruder zu haben.

Feldwäbel.

Warum? bin ich nicht ein ehrlicher Mann?
Hab ich jemals Streiche begangen? oder hab
ich den Dienſt einen Augenblick verſäumt? Meine
Pflicht nicht ſtets als Soldat erfüllt? Bruder,
ich bitte dich, gieb mir künftig keine ſolche Reden mehr, oder auch ich könnte vergeſſen, daß
du Bruder biſt.

Fähndrich.

Dafür weiß ich mir ſchon Rath zu ſchaffen —
der Profos iſt ein gutes Kraut für ſolche Auf-
wallungen.

B 4   Feld:

Feldwäbel.

Ha! hielten mich meine Kinder und mein Weib nicht zurük, so wollt ich dir zeigen, daß ich keine Schmähungen von dir dulden dürfte.

Fähndrich.

Warum hast du ohne des Vaters Wissen und Willen geheyrathet, durch diese Heyrath hast du mich, meinen Vater, und unsere ganze Familie beschimpft.

Feldwäbel.

Warum beschimpft? War sie nicht jederzeit ein ehrliches Weib?

Fähndrich.

Ich kenne jemanden, ders nicht glaubt.

Feldwäbel.

Wer ist der Schurke?

Fähndrich.

Unser Vater.

Feldwäbel.

Ha! schlimm genug vor mich und mein Weib, daß ich nicht einen einzigen Freund habe, mich mit meinem Vater wieder auszusöhnen. — Man

stürzt

stürzt und unterdrükt mich lieber, statt mir auf-
zuhelfen; sogar mein eigener Bruder — o Gott!
ich muß gehen, oder mein Unglük stürzt mich
in ein noch weit größers.

Neunter Auftritt.

Feldwäblin, Vorige, Rahm mit Wein.

Frau.

Was hast du denn lieber Mann?

Feldwäbel.

Nichts, Liebe!

Fähndrich.

Was will Sie hier?

Frau.

Ich bin gekommen, meinen Mann zu suchen.

Fähndrich.

Und ihm bey mir betteln zu helfen, daß ich
Euch Geld geben möchte? Wird nichts draus!
und bey mir suche Sie künftig ihren Mann nicht
mehr, wenn ich Ihr rathen darf; wenn Sie anders keine Grobheiten von mir erwarten will.

Frau.

Frau.

Herr Fähndrich, wodurch hab ich es verdient, daß Sie mich doch immer haßen? Seyn Sie nicht ungerecht mit mir und meinem Manne?

Fähndrich.

Ungerecht? da seh man nur. Weiß Sie, was mein Vater mir schrieb; was ich zu thun habe; wenn Sie zu mir kömmt? Den Stok, sagte er, sollte ich nehmen, und Sie fortprügeln.

Frau.

Könnten Sie das mit Recht? So behandelt man niedrige Kreaturen, die sich in Trakteurs-zelten ganze Nächte herumbalgen — von einem Freund und Blutsverwandten läßt der Antrag sehr niedrig, und, Herr Fähndrich, wenn ich auch schon arm und ohne Vermögen bin, so ha-be ich doch ein edles Herz, — Dank sey es mei-nem Vater, der es bildete.

Fähndrich.

Ja, ja, seine Kniffe! Leute ins Garn zu locken, so wie sie meinen Bruder gefangen hat, mag sie schon von ihm erlernt haben.

Frau.

Herr Fähndrich, mein Vater war Haupt-

mann

mann; hatte 14 Kinder, und lehrte jedes Rechtschaffenheit; daß er ohne Vermögen war; zu
früh für uns starb, war Unglük genug für uns.

Fähndrich.

Was geht das mich an, ob ihr Vater reich
oder arm, Hauptmann oder General war, in
meinen Augen ist und bleibt sie dennoch nur ein
gemeines Soldatenmensch.

Feldwäbel.

(Der die ganze Zeit seinen Unwillen zu erkennen gab, greift an den Säbel, daß es der
Fähndrich nur halb bemerkt.) Soldatenmensch?

Nahm.
(Hält ihn zurük, seine Frau auch.)
Vergessen sie sich nicht.

Frau.

Mann!

Feldwäbel. (Kömmt zu sich.)
Ich dank ihm für seine Freundschaft.

Fähndrich.
Was war das?

Nahm.

Rahm.

Nichts, nichts, Herr Fähndrich. (Zum Feldwäbel) Gehen Sie fort.

Fähndrich.

Nichts? Wem galt der Zug aus der Scheide?

Rahm.

Ihnen nicht, Herr Fähndrich. Sind sie
doch nicht so böse; es ist ja ihr Bruder.

Fähndrich.

Den ich nicht dafür erkenne.

Frau. (Tritt ihm stolz an die Seite)

Herr Fähndrich! ob sie meinen Mann für
ihren Bruder erkennen, oder nicht, das küm-
mert uns wenig. Macht sie vielleicht ihr gold-
nes Quästchen auf ihrem Hut, oder ihr Port-
d'Epee so stolz? Wenn das ist, so wünsch ich,
daß mein Mann diesen Grad nie erreichen möge
— ich werde stolzer auf ihn mit seinem von
Seiden gedrehten Bande hier - seyn, als wenn
er, mit einem schlechten Herzen glänzte —
Komm, lieber Mann! (Sie zieht ihren Mann,
der Wuth und Rache gegen seinen Bruder auf
seinem Gesichte zeigt, mit Gewalt ab.)

Zehen=

Zehenter Auftritt.

Fähndrich und Rahm.

Fähndrich.

Ha ha ha! Geh du nur mit deinem lieben Mann, und hungert zusammen, daß euch die Därme krachen, von mir bekommt ihr gewiß nicht so viel. Schenk ein.

Rahm. (Schenkt ein.)

Fähndrich.

Du bist verdrießlich?

Rahm.

Ja!

Fähndrich.

Warum?

Rahm.

Weil ich zuviel Galle im Leibe habe, und täglich mehr sammle.

Fähndrich.

Wie das?

Rahm.

Ji weil ich sehe, daß es Menschen giebt,
die

die Waſſer, oder verfaultes Blut in ihren Adern
haben, ſonſt würden ſie ihren Mitmenſchen nicht
ſo behandeln.

Fähndrich.

Das ſoll wohl gar auf mich gemünzt ſeyn?

Rahm.

Wie ſie es nehmen wollen — Wahrhaftig,
wär ich nicht ſelbſt ein armer Teufel, ſo wollt'
ich Ihnen bewieſen haben, was Menſchlichkeit
iſt. Ich würde Ihren Bruder mit meinem letzten Kreuzer unterſtützt haben.

Fähndrich.

Kerl, nicht raiſonnirt. Jetzt den Tiſch ge-
deckt; in einer halben Stunde will ich freſſen. —
Nach Tiſche könnt ihr zum Teufel gehen. (Ab)

Eilfter Auftritt.

Rahm allein.

Rahm.

Gehen werd' ich; aber nicht zum Teufel; dahin gehören ſolche Fähndriche, wie du biſt, und
alle deines gleichens — O du lieber Himmel!
Wenn alle reiche Leute ſolche böſe Herzen haben,

so wünsch' ich in meinem Leben nie reich zu werden. (Geht ins Zelt ab.)

Zwölfter Auftritt.

Feldwäbel. (Mit blosem Säbel, kömmt aber nicht von der Stelle, wo der Fähndrich abgegangen.) Feldwäblin.

Frau.

Ich bitte dich um Gotteswillen, Mann, du machst uns alle unglüklich!

Feldwäbel. (Ruft in das Zelt hinein.)

Wo ist mein Bruder?

Rahm. (Kömmt aus dem Zelt)

Den Augenblik gieng er fort. Nicht, nicht, Herr Feldwäbel! bedenken sie; bleiben sie hier.

Feldwäbel.

Laß er ab. Ich muß ihn finden; es wird immer ärger, wenn ich nachdenke, was für harte Reden er gegen uns ausstieß.

Rahm.

Machen Sie sich nicht unglüklich.

Frau.

Frau.

Laß ihn! er kann uns nicht beleidigen.

Feldwäbel.

Nicht beleidigen? der Bube! schalt er dich nicht in meiner Gegenwart? ich sollte dich so erniedrigen lassen? war dein Vater nicht ein rechtschaffener Offizier? Könntest du nicht Hauptmänninn seyn, wenn deine Liebe zu mir mich nicht andern vorgezogen hätte?

Frau.

Lieber Mann! Ich bin mit meinem Feldwäbel zufriedner und glüklicher, als mit einem Hauptmann, der meiner vielleicht nicht achtete.

Feldwäbel.

Mir nicht einmal zwey Gulden zu lehnen — mir, seinem Bruder — hätte mich nicht meiner Kinder Krankheit so von allem entblößt; da ich ohnehin nothgedrungen war, mir vorstrecken zu lassen, so wär' ich zu meinem Hauptmann gegangen; aber so ist immer das dritte Wort: Er wird seiner Kinder wegen nie schuldenfrey werden; warum hat er geheyrathet, und hundert andere Worte, bey denen einem das Herz blutet.

Frau.

Frau.

Laß es gut seyn, lieber Mann! Laß die Leute reden, ich will dir und deinem Gast heute dennoch eine herrliche Mittagssuppe zubereiten. Geh, Lieber, folg mir, und geh hübsch nach Hauß — Willst du?

Feldwäbel.

Haft du denn noch Geld?

Frau.

Gieb dich zufrieden, sag ich dir; wir werden doch nicht verhungern — Küß mich, lieber Mann! So, und wenn ich zurük komme, so küß' ich dich zweymal dafür; gelt? Leb wohl, lieber Mann, leb wohl. (Wirft ihm noch mit der Hand einige Küsse zu, und geht ab.)

Feldwäbel. (Sieht ihr zärtlich nach.)

O so ein Weib macht mich allen Kummer vergessen. Dank dir Gott, daß du sie mir gabst.

(Ende des ersten Aufzugs.)

Zweyter Aufzug.

Zwischen dem ersten und zweyten Akt werden die Wachen abgelöst. Die Scene verändert sich in des Feldwäbels Zelt. Beyde sitzen. Ersterer hat eine Schüssel vor sich, macht Teig zu Knödeln an. Der Feldwäbel puzt Salat.

Laufer und Feldwäbel.

Feldwäbel.

Mein lieber Laufer, heute wird's spät Mittag bey uns.

Laufer.

Desto besser wird's schmecken, Herr Feldwäbel! Gestern hätte mir einer sagen sollen: Laufer: morgen um die Zeit lebst du noch — du wirst bey deinem lieben Herrn Feldwäbel speisen; ich hätt' es nimmermehr geglaubt. Der Feldpater zwar hat mir eine noch viel bessere Mahlzeit versprochen; der sagte immer: morgen, mein lieber Joseph, wird er mit den Engeln im Himmel speisen, aber, Gott verzeih mir's,

ich

ich esse doch lieber Knödel mit Ihnen, Herr
Feldwäbel, als da oben die herrlichsten Speisen, die meinem Magen unbekannt sind.

Feldwäbel.

Dafür aber rath' ich ihm als Freund, den
heutigen Tag nie zu vergessen. Bedenk er nur,
welchen herzdrükenden Gram er seinen Eltern und
Verwandten bereitet hätte, wenn sie erfahren
haben würden, er habe durch ein Verbrechen sein
Leben verloren. Nicht wahr, er fühlt so was
bey sich, das ihm sagt: laß das künftig bleiben?

Laufer.

Ja wohl, Herr Feldwäbel! eher will ich kre-
piren, als wieder desertiren; ich schäme mich
wahrhaftig, wenn ich nur daran denke, daß ich
so albern seyn konnte, davon zu laufen.

Feldwäbel.

Glaub er mir, wäre seine Desertion nicht die
erste, und hätte seine Jugend, auf die er sich aber
künftig nicht mehr stützen darf, nicht etwas bey-
getragen; bey Gott, er wäre bey diesem schar-
fen Befehl, den wir itzt haben, schon eine Leiche.

Zwey-

Zweyter Auftritt.

Ein Tambour und der alte Knall.

Knall.

Hier mein Herr! ist des Feldwäbels Knall Zelt.

Knall.

(In einem Kaput, aber doch prächtig angezogen.)

Ich dank, mein Freund! Hier hat er einen harten Thaler, trink er dafür auf mein und seines lieben Monarchen Wohlergehen ein Gläschen Wein, und laß er sich schmecken.

Tambour.

Ich werde Ihnen treulich folgen.   Danke schönstens.

Dritter Auftritt.

Vorige, ohne Tambour.

Knall.

Vermuthlich Feldwäbel Knall selbst?

Feldwäbel.

Ja, mein Herr. (Springt auf.) Sie gleichen meinem Vater.

Knall.

Knall.

Sie irren sich — Ich gleiche ihm nicht, sondern ich bin es wirklich. Komm in meine Arme, mein Sohn.

Feldwäbel.

Mein Vater! (Umarmen sich.) O Gott, welche Seligkeit!

Knall.

Ich habe dich lange leiden lassen, Sohn! vergib mirs, Joseph! wie lange ists, daß wir uns nicht mehr gesehen haben?

Feldwäbel.

Sechs Jahre, mein Vater.

Knall.

Und ich konnte dich so lange verkennen! Itzt aber bin ich hier, um mich mit dir wieder gänzlich auszusöhnen.

Feldwäbel.

O mein Vater! Mein Herz war schon lange mit Ihnen ausgesöhnt.

Knall.

Ja, das konnt' ich nicht wissen. — Alter,

C 3 sagt'

sagt' ich zu mir selbst, deine zween Söhne stehen im Felde, wie leicht könnte es sich fügen, daß eine feindliche Kugel deinen Joseph, den du zeither immer verfolgt hast, in die andere Welt schikte, und wenn dich das Loos nun so getroffen hätte! He?

Feldwäbel.

So wär' ich für meinen Monarchen, für mein Vaterland gestorben — Sie, mein Vater, würden mir ihr Andenken gewis nicht entzogen haben; Sie hätten mir vielleicht zur Belohnung noch manche väterliche Thräne geweint; mein Weib und meine Kinder in ihren Schutz genommen, wer wäre glücklicher gestorben, als ich?

Knall.

Alles recht! aber besser ist besser! Nun wo hast du denn dein Weib und deine Kinder? haben sie sich vielleicht vor mir versteckt? — Sie sollen sich nicht fürchten; bin kein harter Mann mehr. Geh, ruf sie hervor; sag ihnen, der alte Swiegervater will seine Tochter, will seine Enkel küssen.

Feldwäbel.

Die Kinder sind im nächsten Dorfe, Vater.

Knall.

Knall.

Und die laßt ihr von euch weg?

Feldwäbel.

Zwey davon sind schon achtzehn Wochen krank.
Eine alte Frau, die ich dafür bezahle, pflegt ih,
rer. Meine Frau hingegen besucht sie alle Wo,
chen zwey auch dreymal.

Knall.

Ach, das ist recht! das ist billig!

Feldwäbel.

Meine Frau muß den Augenblick zurück kom,
men. Sie ist nur noch etwas einzukaufen gegan,
gen, weil ich hier einen Gast zu mir gebethen habe.

Knall.

Ich weis alles, man hat mir alles erzählt.
Dieser dein Gast hier hätte sollen erschossen wer,
den, weil er davon gelaufen ist; hat aber Par,
don erhalten; und weil er mit dir unter einer
Kompagnie steht, und du sein Feldwäbel bist,
so hast du ihn eingeladen; weis alles. Tausend
gute Dinge hört' ich von dir.

Feldwäbel.

Mein Vater!

C 4   Knall.

Knall.

Weißt du, wer mir zum erstenmale die Augen öfnete, daß du ein braver Kerl bist, dein Bruder aber ein Bernhäuter sey.

Feldwäbel.

Wer, Vater?

Knall.

Dein Obrister. Weißt du, wer mir sagte, daß deine Frau keine schlechte Weibsperson, wie mir dein Bruder immer schrieb, sondern eine Offizierstochter sey.

Feldwäbel.

Nun?

Knall.

Auch dein Obrister hatte die Gnade, mir dein und deines Bruders Denkungsart auf ein Haar zu beschreiben. — Das weis ich schon, daß du ein braver Kerl bist, und dein Bruder ein Taugenichts — Itzt soll er sechs Jahre büßen, was du seitdem gelitten hast; das schwör' ich ihm bey Gott!

Feldwäbel.

Nicht so, Vater! Vergeben, und vergessen.

Be-

Beschämt wird er in sich gehen, und künftig brüderlich an mir handeln.

Knall.

Schon recht! Nun Landsmann, wie ist ihm denn heute zu Muthe? (zum Laufer.) Närrische Frage, nicht wahr? Wie kann einem zu Muthe seyn, der dem Tod so nahe war? Da hab ich eben, als ich zu euch ins Lager kam, eine Viertelstunde von hier so einen traurigen Auftritt gesehen.

Feldwäbel.

Wie so Vater?

Knall.

Als ich da bey dem einzeln großen Bauernhof vorbey fuhr, so sah ich einige Schritte von mir Kavaleristen, die ungefähr aus zwölf Mann bestanden. Sie formirten einen Kreis, und in der Mitte sah ich ein weibliches Geschöpf. Ich wollte wissen, was es giebt, da fragte ich einen Bauer, der sich ganz nah zu meinem Wagen drängte; der erzählte mir zitternd, und mit weinenden Augen, daß das Weib einen kleinen Indian auf dem Felde, das ihm zugehörte, weggefangen hätte, worüber der Grandprofos sie mit seinen Leuten ertappte, und ihr auf

C 5

der

der Stelle das Leben absprach. — In einer halben Stunde, sagte er, lebt sie nicht mehr. Mein Gott, sezte der Bauer hinzu, ich wollte ihr es ja gerne schenken, wenn sie nur nicht sterben dürfte. Ich wandte mich auf die andre Seite, befahl meinem Kerl auszufahren, um nicht länger ein Zeuge dieser traurigen Szene zu seyn.

Feldwäbel.

Ja der Befehl ist itzt so, daß sich jeder, er sey, wer er wolle, wohl zu hüten hat. Es wurde öffentlich mit dem Trommelschlag im ganzen Lager bekannt gemacht, daß sich kein Mann oder Weib unterstehe, nur das mindeste zu nehmen, und wer diesen Befehl übertritt und darüber ertappt wird, soll ohne Gnad und Barmherzigkeit, ohne weiters Verhör in einer halben Stunde sterben.

Knall.

Aber wegen so einer Kleinigkeit.

Laufer.

Das ist noch nichts — Wären sie um ein paar Stunden früher gekommen, so hätten Sie meinen Kameraden, der mit mir ausgeführt wurde, um eine noch geringere Kleinigkeit erschießen

schießen sehen. Sein ganzer Diebstahl bestund
in einem halben Laib Kommißbrod, den er seinem Kameraden entwandte.

Knall.

Gott bewahre einen.

Feldwäbel.

Stille! brecht ab — dort geht mein Obrister
die Gasse her — stellen sie sich hieher, wir wollen ihm in den Weg treten, damit sie Gelegenheit haben, persönlich ihr Kompliment gleich machen zu können.

Knall.

Wer sind die andern Herren?

Feldwäbel.

Lauter Offiziers von unserm Regimente, die
heute Mittags bey ihm speisen.

Vierter Auftritt.

Obrister mit einigen Officiers. Vorige.

Obrister.

Nun wie geht es Knall; ist die Mittagssupps
schon vorbey? — —

Feld-

Feldwäbel.

Nein, mein Herr Obrister, sie ist noch nicht einmal gekocht.

Obrister.

Noch nicht gekocht? so wünsch ich, daß es wohl schmecken möge. Hier hat er zwey Dukaten, trink er mit seinem Gast ein Glas Wein auf meine Gesundheit, und mach er ihm noch einmal begreiflich, was das ist, seinem Monarchen ungetreu zu werden.

Feldwäbel.

Ich hafte für seine Besserung, Herr Obrister. — Hier hat er diese zwey Dukaten, bedank er sich bey dem Herrn Obristen. Trag er sie als ein ewiges Andenken bey sich, und geb er sie ja nicht weg, sondern leid er eher Hunger.

Laufer.

Das werd ich, Herr Feldwäbel. (Küßt dem Obristen die Hand.)

Obrister.

Schon gut.

Feldwäbel.

Der Herr Obriste müssen mir vergeben, daß
ich

ich diese Gabe ganz austheile; ich habe schon meinen Gutthäter gefunden, der mich unterstützt, daß wir auf des Herrn Obristen Wohlergehen ein gutes Glas Wein trinken können. Hier mein Vater hatte die Gnade, mich zu besuchen — Ich nehme mir die Freyheit, denselben vorzustellen.

Obrister.

Herr Kaufmann Knall?

Knall.

Zu dienen, Herr Obrister. Dero gnädiges und zugleich tröstliches Schreiben, hat mich bewogen, Ihnen meine Aufwartung persönlich zu machen, und zugleich für alle Gnaden zu danken, die der Herr Obriste meinen zween Söhnen hat zufließen lassen.

Obrister.

Es ist mir angenehm, Sie kennen zu lernen. Was ihre Söhne anbelangt, so wissen Sie schon, was ich im Briefe meldete. Beyde wahre Soldaten. Nur wünscht' ich, daß des Fähndrichs Herz so wie das seines Bruders hier wäre; aber das wird sich schon geben. Zeit und Umstände, Sie verstehen mich, können vieles ändern; dem einen nicht zu viel, dem andern nicht
zu

zu wenig. Gleichgewicht kann vielleicht gleiche Herzen schaffen. Uebrigens nehm' ich grossen Antheil, Vater und Söhne ausgesöhnt zu sehen.

Knall.

Ich danke noch einmal unterthänigst.

Obrister.

Mein lieber Feldwäbel, sein Glück, daß er seinen Vater schon so lange nicht gesehen, sonst würd' ich ihn des Vergnügens berauben, ihn als Gast bey sich zu haben — aber ganz werd' ich mir es nicht nehmen lassen. Ich werde mir auf Morgen die Ehre ausbitten, oder lieber heute Abends. Es könnte morgen vielleicht dem Feind belieben, uns auf eine ungekochte Mahlzeit einzuladen, dann würde mir die Freude benommen, einen so wackern Mann bewirthen zu können; nehmen Sie ihre beyden Söhne mit.

Knall.

Mein Gott! wodurch hab' ich diese grosse Gnade. —

Obrister.

Ohne Umstände! ich erwarte sie. Wo läuft denn der Adjutant so eilig hin? He bst! suchen Sie mich?

Fünf-

Fünfter Auftritt.

Adjutant Vorige.

Adjutant.

Ja, Herr Obrister! Ein Husar des Grandprofosen ist mit einem Schreiben an den Herrn
Obristen eiligst hieher beordert; er erzählte mir,
eine Soldatenfrau von unserm Regimente, die
einem Bauern einen Indian entwendet hat, soll
binnen einer Stunde hingerichtet werden.

Knall.

Das ist das nämliche Weib, das ich schon sah.

Obrister.

Er soll hieher kommen.

Adjutant. (Winkt in die Szene.)

Obrister.

Es ist entsezlich; die Leute schrekt doch gar
nichts ab; sie sehen täglich Beyspiele, wie stark
man das Verbrechen bestraft, und doch — Je
nu, ich kann nicht helfen, um so viel weniger,
da der Grandprofos mein geschworner Feind ist.
Nun will ich doch sehen, welch armen Teufel
das Loos trift.

Feldwäbel. (Wird immer aufmerksamer.)

Sechs

Sechster Auftritt.

Husar, (mit einem Schreiben in der Hand,)
Vorige.

Obrister.

Gebt her. (Er liest.) „Ich habe die Ehre
„zu berichten, daß eine gewise Weibsperson, ei-
„nes Diebstahls wegen, mir in die Hände ge-
„rathen, und binnen einer Stunde, meiner Vor-
„schrift gemäß, durch das Schwerd vom Leben
„zum Tod hingerichtet wird. — Sie bat mich
„fußfällig, dem Herrn Obersten zu melden, Er
„möchte ihr erlauben, ihren Mann und ihre
„Kinder noch vor ihrem Ende umarmen zu dür-
„fen. — Sie giebt vor, ihr Mann sey Feld-
„wäbel, und nenne sich Joseph Knall.“

Feldwäbel.

Ach mein armes Weib! (Fällt zusammen.)

Knall.

Sohn!

Laufer.

Gott im Himmel!

Obrister. (Liest weiter.)

„Bestätigt sich das, was sie vorgiebt, so sey
„ihr von meiner Seite die Bitte gewährt.“

Obrist Gallbaum, Grandprofos.

Obrister.

Obrifter. (Sieht alle zitternd an.)

Ich bin so außer Faſſung, daß ich gar nicht weiß, was ich antworten soll. (Zum Huſaren.). Mein Freund, meine Empfehlung. Ich werde ſchriftlich antworten. — Nur so viel in der Kürze dem Herrn Obriſten gesagt; daß mich dieſer unerwartete Auftritt sehr schmerzt.

Huſar. (Ab.)

Obrifter.

Herr Adjutant, merken ſie nichts?

Adjutant.

Was, Herr Obriſter?

Obrifter.

Daß noch ein alter Groll gegen mich in des Grandprofoſen Herzen ſteckt, weil ich seinen liederlichen Sohn, seiner Aufführung wegen, nicht beym Regiment duldete.

Adjutant.

Das könnte wohl seyn.

Obrifter.

Augenscheinlich sieht man, wie er blos auf Leute von unſerm Regiment lauert. — Unge-

D   achtet

achtet der Befehl für die ganze Armee ertheilt
wurde; hält er sich doch blos hier herum auf,
um sich an mir rächen zu können. Nun hat er
seit acht Tagen eilf Köpfe von uns, von andern
Regimentern nicht einen einzigen.

Feldwäbel. (Kömmt zu sich.)

Knall. (Kniet nieder.)

Herr Obrister, es ist meines Sohnes Weib.

Feldwäbel. (Kniet auch.)

Ach! um Gottes Willen, Herr Obrister, erbarmen Sie sich, verlassen Sie mich, mein Weib
und meine armen Kinder nicht.

Obrister.

Mein lieber Knall, ich kann ihm nicht helfen.

Knall.

Herr Obrister, mein ganzes Vermögen.

Obrister.

Gott muß da helfen; sonst sind wir ohne
allen Trost.

Laufer.

O Gott! Und ich bin das unglückliche Werkzeug ihres Todes. (Kniet nieder.) Herr Obrister,

ſter, fußfällig bitt' ich Sie um dieſe Gnade: erlauben Sie mir, zum kommandirenden General zu gehen, ich will Ihn bitten; — Ihm die ganze Sache erzählen — Ihm ſagen, wer dieſe Frau ſey; daß ſie niemals jemanden nur das mindeſte entwendet habe. Er wird ſich erweichen laſſen; wird Menſch ſeyn.

Knall.

O Freund! nehm er mich mit; vielleicht rühren Ihn meine Bitten, mein Alter. Ich will mich Ihm zu Füßen werfen.

Obriſter.

Lieber Alter! Sie haben drey Stunden ins Hauptquartier, und bis ſie zurückkommen —

Feldwäbel.

Wird es zu ſpät ſeyn? O mein Herr Obriſter — Sie werden mir doch erlauben, daß ich meine Kinder meiner Gattin zuführen darf, daß ich ſie wenigſtens noch einmal ſprechen, noch einmal ſehen darf.

Obriſter.

Dieſen leidigen Troſt kann ich ihm gewähren; ſonſt ſteht nichts in meinen Kräften.

Feld:

Feldwäbel.

O Dank, tausend Dank! Auf, mein Vater, fahren sie zum General; stellen sie Ihm diesen Mann vor; retten sie ihres Sohnes unglükliches Weib; schildern sie Ihm unsere Herzen, die jederzeit vor Gott und der ganzen Welt rechtschaffen waren; schildern sie Ihm ein Weib in der blühendsten Jugend, mit vier unmündigen Kindern; einen Mann, den Verzweiflung und Gram tödten werden, wenn er sie verlieren sollte.

Knall.

Ja, Sohn, das will ich. Komm er, Freund. — Herr Obrister, ich bitte noch einmal, nur bis ich zurückkomme, soll man sie nicht tödten — oder auch ich erlebe den morgenden Tag nicht mehr. (Mit Lauser ab.)

Feldwäbel.

Wodurch, gerechter Gott! wodurch hab' ich verdient, daß mein Leben ein immerwährendes Unglück sey. — Ich habe, so lang ich lebe, nicht wider dich gemurrt, habe mein Schiksal jederzeit gelassen ertragen, und Du kannst mich, armen Mann, so tief beugen?

Obrister.

Ich hätte Ursache, ihn zu schelten, statt zu bedauern.

bedauern. — Warum hat er sich mir nicht anvertraut? Hab' ich ihm jemals etwas versagt? und wegen so einer Kleinigkeit sich ewig unglückselig zu machen!

Feldwäbel.

Ach, mein Gott! wie konnt' ich vorhersehn, daß mein Weib, aus übertriebenem gutem Herzen, so was unternehmen würde! Mein Bruder ist Schuld an allem. — Gott wird ihn dafür strafen. Ihm hab' ich mich anvertraut, und er hat mir und meinem Weib wegen zwey Gulden, die ich von ihm entlehnen wollte, sehr übel begegnet. — O es ist entsetzlich! entsetzlich!

Obrister.

Faß er sich. Standhaftigkeit ist alles, was ihm itzt nützen kann.

Feldwäbel.

O ja, Herr Obrister, ich will alle Kräfte anwenden, um standhaft das zu ertragen, was mir und meiner armen Gattin droht. Armes Weib! Ist aber schmählicher Tod heute dein Loos — sollte dein guter Wille, weil du deinem Mitgeschöpfe Nahrung mittheilen wolltest, dein gutes Herz mit Strafe belegt werden; so soll ewige Verzweiflung hier diesen Raum ausfüllen. Auf

der

der Erde will ich herum irren, als das ärmste
Geschöpf, das noch je die Welt trug; keine
Vernunft komme mehr in diesen Schädel, im,
merdauernde Raserey ergreife mich; bis es end,
lich dem Schöpfer wohlgefällt, mich, nach un,
aufhörlich peinlichen Martern, in die Grube zu
schleudern. (Ab.)

Obrister. (Zum Adjutanten.)

Ein Mann soll bey ihm bleiben, ihm nicht
von der Seite gehen, und sollte die Frau nicht
zu retten seyn; so führe man ihn noch vor der
Exekution zum Regimente hieher. Ein solcher
Anblick wäre unerhört. Herr Adjutant, besor,
gen sie das.

Adjutant.

(Ruft einem gemeinen Mann, sagt ihm etwas in
der Stille. Der Mann läuft dahin, wo der
Feldwäbel abgegangen ist.)

Obrister.

Ist kein Schreibgeräth in der Nähe?

Adjutant. (Sieht in des Feldwäbels Zelt.)

Ja, Herr Obrister. (Man rükt den Tisch,
worauf das ganze Schreibgeräth ist, ein wenig
vor; der Obrister setzt sich zum Schreiben.)

Obrister.

Obrister.

Ist ihr Pferd gesattelt?

Adjutant.

Ja, Herr Obrister!

Obrister.

Gut, Sie reiten sodann gleich mit diesem Briefe zum Grandprofosen. Wie mir zu Muthe ist, diesen Mann bitten zu müssen, können Sie sich leicht denken. Herr Adjutant, sagen Sie ihm auch nur mündlich, — mein Geschriebenes hier könnte vielleicht den Eindruck nicht machen, — daß so ein Fall wohl eine Ausnahme leide. Entdecken Sie ihm die Geburt der Frau; sagen Sie, daß sie Gnade verdiene, weil sie nicht aus Gewohnheit, sondern aus gutem Herzen, Jemanden Gutes zu thun, diesen Schritt gewagt habe. — Dies können Sie beschwören; ich und das ganze Regiment können es bestättigen. Bitten Sie ihn in meinem Namen, nur so lange zu verziehn, bis der Alte vom General zurückkömmt.

Adjutant.

Herr Obrister, Eins läßt mich hoffen, daß die Frau Gnade erhalten könnte.

D 4   Obrister.

Obrister.

Und das wäre?

Adjutant.

Sie ist schön. — Schöne Weiber haben schon öfters der strengen Gerechtigkeit des Herrn Grandprofosen eine Ohrfeige gegeben.

Obrister.

Wenn das ist, so wünsch' ich, daß das Weib alle Reize besitzen möge, die den Alten bewegen könnten, ihr das Leben zu schenken. Aber ich zweifle; — es könnte zwar seyn, aber sein Haß gegen mich läßt mich nichts hoffen.

Siebenter Auftritt.

Fähndrich, Vorige.

Fähndrich.

Ha! sind der Herr Obrister hier? Ich bin beynahe das ganze Lager ausgelaufen, den Herrn Obristen zu suchen; und niemand konnte mir sagen, wo Sie sind.

Obrister.

Ich bedaure. (Legt den Brief zusammen, verlangt vom Adjutanten Licht. Der Adjutant
geht

geht in das Zelt des Feldwäbels, nimmt ein kleines Feuerzeug nebst einem Stümpfchen Wachs-
licht heraus, welches er anzündet. Der Obrist
giebt dem Adjutanten seine Uhr, und sagt:)
Siegeln Sie den Brief. — Mit was kann
ich dienen?

Fähndrich.

Mit gar nichts! Ich komme nur, zu melden, daß ich eine Viertelstunde außer dem Lager
reite. — Man hat mir gesagt, daß ein weib-
licher Kopf heruntergeputzt wird, und da will
ich einen Zuschauer bey der Tragödie abgeben.

Obrister.

Wirklich?

Adjutant.

(Giebt die Uhr dem Obristen zurück.) Ich
empfehle mich, Herr Obrister.

Obrister.

So geschwind, als möglich.

Adjutant. (Beugt sich und geht ab.)

Obrister.

Sehen Sie dergleichen Sachen gerne?

D 5 Fähnd:

Fähndrich.

Ja, Herr Obrister! Man hat tausend Unterhaltung dabey. Erstens hat der Teufel die Solpatenmenscher und Weiber alle dabey; am meisten aber amüsirt mich die Miene des Scharfrichters; wie begierig der Kerl sein Schwerdt ergreift. — Manchmal fügt sichs auch, daß er zwey- auch dreymal, ohne den Kopf herunter zu bringen, drauf los haut. Hahaha! das Gemurr vom Volke hernach, und die Verlegenheit des Scharfrichters, und das Geheul des Beichtvaters, dies alles zusammen genommen, giebt das herrlichste Spectakel von der Welt.

Obrister.

Herr Fähndrich! ich kann unmöglich glauben, daß ihr Herz so viel Schadenfreude besitzen sollte; sonst verdienten sie wahrhaftig, aus der Klasse der Menschheit gestossen zu werden.

Fähndrich.

Wie so, Herr Obrister?

Obrister.

Und sie können noch fragen? Das wildeste Thier prallt zurück, wenn es sein Mitgeschöpf lehlos im Blut erblickt, und der Mensch sollte weniger Gefühl, als das Thier haben, hieße

das

das nicht, Gottes Geschöpf unter das Thier
herab setzen.

Fähndrich.

Aber, Herr Obrister, ich habe ja keinen Theil
an dem Tode eines solchen Menschen, der hingerichtet wird. — Nur das Beyspiel angenom-
men, Herr Obrister. Wie viele mußten schon,
seit ich die Ehre habe, bey Ihnen zu seyn, blos
auf Ihren unterschriebenen Namen dieser Welt Abschied geben. Wenn Sie sich allezeit Vorwürfe
machen sollten, mein Herr Obrister, so würde
keiner gerichtet. Aber so haben weder Sie,
noch ich die Gesetze gemacht.

Obrister.

Sie haben recht. Haben Sie aber in meinem Gesichte nur einen Zug von Schadenfreude
erblikt, wenn mich die Nothwendigkeit zwang,
dies traurige Amt zu vollziehen? Glauben Sie
nicht, daß ich lieber schonen, als strafen wollte,
wenn es bey mir stünde? So aber bin ich nur
das Werkzeug eines größern Werkzeugs.

Fähndrich.

Je nu, und bey dieser Hinrichtung bin ich gar
nichts. — Das Weib wird den Kopf verlieren, ich mag dabey seyn, oder nicht.

Obrister.

Obrifter.

Wenn aber diese Person, die hingerichtet wird, eine von ihren Verwandten wäre?

Fähndrich.

Das bin ich schon vorher überzeugt, daß es nicht ist.

Obrifter.

Wenn ich Ihnen aber sage, daß es doch so ist?

Fähndrich.

Der Herr Obrifter belieben mit mir zu scherzen.

Obrifter.

Zu scherzen? Wenn ich Ihnen nun sagte, mein Herr Fähndrich, daß Sie die meiste Schuld an des Weibes Tode hätten, würden Sie dann auch einen kaltblütigen Zuschauer abgeben.

Fähndrich.

Herr Obrifter.

Obrifter.

Wissen Sie, daß ihr Herr Vater hier ist?

Fähndrich. (Freudig.)

Hier, bey uns? Bravo, der Alte wird mir
Geld

Geld bringen. O sagen Sie mir zur Gnade, wo er ist, daß ich ihn aufsuche.

Obrister.

Ins Hauptquartier ist er zum General en Chef; um seiner armen Schwiegertochter Leben zu erbitten, die in einer Stunde geköpst werden soll; wobey ein gewisser Fähndrich, als Blutsverwandter und Schwager, einen Zuschauer abgeben will. — Den Bruder und Schwägerin vor ein Paar Stunden besuchten, ihnen nur zwey Gulden zu leihen, die aber der Herr Fähndrich statt des Geldes mit Schlägen abspeiste, worüber das gute Weib ganz außer sich einen kleinen Diebstahl unternahm, darüber ertappt ward, und ihr deshalb der Kopf herunter geschlagen werden wird. Nun, Herr Fähndrich, wie ists? Sie sitzen noch nicht zu Pferde? Ja, Sie müssen eilen, wenn Sie bey diesem Spectakel noch einen kaltblütigen Zuschauer abgeben wollen.

Fähndrich.

Gott im Himmel, verlaß uns nicht! Mein Pferd, mein Pferd! (Eilends ab.)

Obrister.

Ha! Der Schlag hat getroffen.

Achter

Achter Auftritt.

Generaladjutant, Vorige.

Generaladjutant.

Ein Schreiben vom kommandirenden General. Das Lager muß verändert werden. Hier ist der Plan. Ein Spion kam mit der Nachricht, als wenn der Feind Bewegung machte, uns näher zu rücken.

Obrister.

Das hab' ich vermuthet. (Sagt zu dem nächststehenden Offizier.) Die Tambours sollen zum Aufbruch schlagen. Befinden sich Se. Exzellenz im Hauptquartier?

Generaladjutant.

Dermalen nicht. Er ritt auf der Stelle mit dem König recognosciren.

Obrister. (Traurig.)

Dann ist dir nicht mehr zu helfen, armes Weib! Melden Sie Sr. Exzellenz, daß ich auf der Stelle den mir vorgelegten Plan beobachten werde.

Generaladjutant.

Ihr Diener. (Ab.)

Die.

(Die Tambours schlagen die Trommel Gassen
auf, Gassen ab; die Männer laufen zu ihren
Gewehren; die Zelte werden abgebrochen;
die Weiber packen zusammen; unter diesem
Lärm fällt die Gardine.)

(Ende des zweyten Aufzugs.)

Dritter Aufzug.

Das Theater ist eine freye Gegend nebst
einem Bauernhof. Eine hölzerne Bank
vor demselben. Vor dem Hause ein Zaun,
der ein mit Bäumen beseztes Bauern-
gärtchen einschließt.

Erster Auftritt.

Unteroffizier. (Geht aus dem Hause.) Scharfrichter. (Geht auf und ab.)

Unteroffizier. (Ruft.)

Freymann!

Scharfrichter.

Was giebt's?

Unter-

Unteroffizier.

Die Frau hat gebethen, sie in die freye Luft zu führen; sie bekömmt eine Ohnmacht nach der andern. Der Grandprofos läßt ihm melden, er möchte sich nur in der Nähe halten.

Scharfrichter.

Schön recht, Herr Unteroffizier.

Unteroffizier.

Hier kömmt sie schon.

Zweyter Auftritt.

Die Frau.

(Wird mit vier Mann Wache herausgeführt. — Todesangst ist auf ihrem Gesichte gezeichnet.)

Ha! wie erquickend Gottes freye Luft ist, und mir wird der Genuß derselben so früh versagt. Ha! ich kann den Augenblick nicht erwarten, meinen Mann und meine armen Kinder noch einmal in meine Arme zu schließen. — Dann will ich ja diese Welt gern verlassen. Wenn ich nur nicht eines so schmählichen Todes sterben dürfte! — Ha! meine Brüder, meine Schwestern, — werden ewige Vorwürfe um meinetwillen dulden müssen. Doch ist es noch ein Trost für

für mich, daß meine Eltern nicht mehr sind. Ich werde sie bald sehen, mit ihnen bald ungetheilte Freuden genießen, wenn nur die, welche ich hier zurücklasse, nicht ewigen Jammer und Elend zu erwarten hätten.

Scharfrichter. (Trikt vor.)

Frau.

Wer sind Sie, mein Herr?

Scharfrichter.

Feind, und Freund von allen ärmen Geschöpfen, die in meine Hände fallen. Geb sie mir ihre Hand.

Frau. (Reicht sie ihm zitternd dar.)

Scharfrichter.

Josepha heißt Sie, nicht wahr?

Frau. (Bejaht es mit dem Kopf.)

Scharfrichter.

Nun also, liebe Josepha! bey diesem Händschlag bitt' ich Sie, mit keinem Groll gegen mich in die andere Welt zu gehen.

Frau.

Mann! ich kenne euch nicht. Habt ihr mich

E   jemals

jemals gekannt, oder beleidiget? von mir sey
euch vergeben.

Scharfrichter.

Gewiß?

Frau.

Ganz gewiß.

Scharfrichter.

So geb Sie mir noch einmal die Hand darauf,
liebe Josepha! Ich bitte noch einmal, mir zu
vergeben, meine Pflicht ist schwer.

Frau.

Hier hast du meine Hand. Itzt sag mir, wer
du bist.

Scharfrichter.

Ich bin derjenige, der dir das Leben zu nehmen gezwungen ist. — Ich bin der Freymann.

Frau.

Gott! (Stürzt zusammen.)

Scharfrichter.

Das konnt' ich mir einbilden. — Itzt wollt'
ich schon, daß die zehn Gulden, die man mir
für

für ihren Kopf bezahlt, beym Teufel wären.
Ein so schönes Weib wegen so einer Kleinigkeit
ist mir noch nie in die Hände gefallen, ich wollte
lieber auch itt nicht. Herr Unteroffizier!

Unteroffizier. (Kömmt.)

Was giebts?

Scharfrichter.

Sey er doch so gut, und ruf er Jemanden
aus dem Hause, der sie wieder zu sich bringt.
Wenn nur heute ein anderer diese Pflicht für
mich erfüllte. — Wahrhaftig! noch einmal so
viel wollt' ich aus meinem Beutel darauf geben.

Dritter Auftritt.

Bauernmädchen, Vorige.

Mädchen.

Was giebt es denn? Mein Gott! ist sie
schon geköpft?

Scharfrichter.

Gott behüte! Sie ist nur in eine Ohnmacht
gefallen. Geschwind, Kleine, bring Essig, oder
frisches Wasser, daß sie wieder zu sich kömmt.

E 2   Mäd=

Mädchen.

Ey! laß er sie immer so sterben, es ist besser,
so darf er ihr den Kopf nicht herunter-schlagen,
und sie hat auch keine Schmerzen mehr in dieser Welt.

Scharfrichter.

Wer wird dann Leute unbereitet sterben lassen? — Sie hat noch nicht gebeichtet. — Sie
führe mit all ihren Sünden zum Teufel. Willst
du, daß sie ewig in der Hölle sitzen soll?

Mädchen.

Nein, mein Gott! nein, wegen meiner soll
sie nicht verdammt werden. Wart' er ein wenig, ich werde gleich hier seyn. (Ab.)

Vierter Auftritt.

Vorige, ohne Mädchen.

Scharfrichter.

Habe schon viel hundert Köpfe herunter geschlagen, und bey keinem noch so gezittert; —
aber bey diesem Weibe wird mir bange. Lieber
Herr Gott! verlaß mich nur heute nicht. Es
wäre das erstemal, wenn es fehl schlüge. Ich
will das Geld, welches ich bekomme, gern un-

ter

ter die Armen theilen, wenn ich es glüklich mit
ihr endige.

Fünfter Auftritt.

Bauernmädchen. (Mit einem Krug.) Vorige.

Mädchen.

Hier ist Essig; geh er doch auf die Seite,
und laß er mich machen. Ihr Leute habt einen
rechten Jammer in unser Haus gebracht. —
Mein Vater ist vor Schrecken so krank, daß er
alle Augenblicke sterben will, weil er glaubt, daß
er die Ursache von ihrem Tode sey.

Scharfrichter.

Da hat er wohl Unrecht. Was kann er dafür, daß man sie bey ihm ertappte? Solcher
Auftritte könnt ihr, so lange der Krieg dauert,
noch hunderte erleben.

Mädchen.

Wir bedanken uns dafür. Ist es nicht ungerecht, daß das arme Weib sterben soll wegen so
einer Kleinigkeit? Und hernach glaub' ich, wenn
mein Vater nichts dawider hat, — dem doch
die Sache gehört, — so könnt' euer gnädiger
Herr wohl auch das Maul halten. Mein Va-

E 3

ter

ter will nichts davon wissen, er hat ihr den
Indian geschenkt.

Scharfrichter.

So klug hätte dein Vater und die Frau an-
fänglich seyn sollen, als man sie auf der That ertappte, dann wäre sie frey geblieben.

Mädchen.

Ja, ehrliche Leute, die so was nie unternom-
men haben, sind nicht gleich auf eine Ausrede
gefaßt, wie die —

Scharfrichter.

Wahre Spizbuben! Da hast du Recht. Ha!
ist kömmt sie zu sich.

Mädchen.

So geh er doch auf die Seite! Wenn sie
ihn wieder erblikt, so ist sie vor Schrecken des
Todes.

Scharfrichter. (Geht in den Hintergrund.)

Mädchen.

Arme Frau, wie bedaur' ich sie!

Frau.

Wo ist mein Mann? Meine Kinder? Sie
leben

leben nicht mehr? Oder will man sie mit mir
morden? Ha! sie haben nichts verbrochen. Wo
ist der Mann hin, der mich morden will? Er
hat sich entfernt; gewiß aus Mitleid. O er hat
vielleicht auch Weib und Kinder. Wer bist du,
Kleine?

Mädchen.
Die Tochter aus diesem Hause.

Frau.
Hast du meinen Mann, meine Kinder nicht
gesehen? — O ich bitte dich um Gottes Willen! bring sie mir. — Mein Herz sagt mir,
daß, wenn du dich meiner nicht erbarmst, ich
sie in dieser Welt nicht mehr sehe. O das wäre
schreklich! — schreklicher, als Verdammniß und
Hölle. Bedenk nur, ich soll einen jungen schönen Mann und vier Kinder auf ewig verlassen,
ohne von ihnen Abschied genommen zu haben.
O ich bitte dich, sey mitleidig! denn diese Menschen hier kennen kein Mitleid.

Mädchen.
Herzlich gerne wollt' ich, wenn ich sie nur
zu finden wüßte.

Sechs

Sechster Auftritt.

Adjutant, Vorige.

Adjutant. (Fragt die Wache.)

Hält sich in diesem Hause der Grandprofos auf?

Wache.

Ja, mein Herr Offizier.

Adjutant.

Liebe Frau, nicht nur ich, sondern auch der Herr Obrister bedauern von Grund der Seele, daß sie in dies Unglück verfielen. — Ist die Sache nicht mehr zu ändern; vermögen die Bitten und dies Schreiben des Herrn Obristen nichts, so bitt' ich sie, standhaft zu seyn. Glauben sie mir, nicht eine einzige Seele vom Regiment ist, die nicht ihr Leben zu erhalten wünscht. Aber es steht, leider! nicht in unserer Macht.

Frau.

O! ich bin schon verloren, das weiß ich. Wenn ich nur meinen lieben Mann noch einmal sehen könnte. — Wird mir diese Bitte versagt, so wird meine lezte Stunde verzweiflungsvoll und höchst gräulich seyn.

Adju=

Adjutant.

Von dieser Seite kann ich sie trösten; — ihr lieber Mann wird mit den Kindern den Augenblick hier seyn. Er brachte sie aus dem nächsten Dorfe hieher, ich verließ ihn kaum hundert Schritte von hier.

Frau.

O Dank! Engelsbothschafter, ewiger Dank! Wenn er nur schon hier wäre. Die Zeit wird kurz, und ich hätte ihm noch so vieles zu sagen. — Herr Adjutant, mein Mann wird doch keiner Strafe unterworfen seyn?

Adjutant.

Gott bewahre! Wer wird so was denken? Besorgen sie nur ihre eigene Sache.

Frau.

O! für mich ist schon ausgesorgt. — Eine Hand voll Erde, die meinen Körper bedekt, ist alles, was ich noch nöthig habe; aber mein Mann, meine Kinder! — —

Adjutant. (Abseits.)

Schmerzlicher Anblick! Ich muß sie izt verlassen, und das Schreiben übergeben. — Hat der Grandprofos denn gar keinen Trost?

E 5   Frau.

Frau.

O nein! das ist ein harter, grausamer Mann; er gab der Wache Befehl, mich nicht mehr vor, zulassen, und mir zu sagen: Bey Gott sey Gnade zu erhalten, aber nicht bey ihm.

Adjutant.

Das ist doch entsezlich! Ich will zu ihm. (Geht ins Haus ab.)

Mädchen.

(Ist die ganze Zeit auf der Seite gestanden, und weint bitterlich.)

Frau.

Warum weinst du, Kind?

Mädchen.

Uiber sie wein' ich. — Daß der Mann gar so hart und grausam mit einer so schönen Frau verfahren kann! — Und vier Kinder haben sie?

Frau.

Ja, Kind! Ist es nicht entsezlich? O! wenn der Tod meinen Vater, meine Mutter nicht so frühzeitig von der Welt genommen hätte, — der heutige Tag würde sie um ihren Verstand und ihr Leben gebracht haben. O Kind! Gott bewahre
dich

dich einst, daß du nie in solche Hände fallen mö-
gest, in die ich gefallen bin.

Mädchen.

Ach, hör sie auf, liebe Frau! sie dauert
mich so, ja, ich darf es wohl sagen, so stark,
wie mein Vater. Wenn ich ihr nur was gutes
erweisen könnte; wenn ich nur wüßte, was sie
essen oder trinken wollte, alles, alles wollt' ich
mit Ihr theilen.

Frau.

Ich danke dir, Liebe, für dein gutes Herz;
auf dieser Welt braucht mein Körper keine Nahrung mehr, wohl aber meine Seele.

Mädchen.

Da seh sie einmal, liebe Frau, dort fährt ein
Bauerswagen über das Feld hieher! wenn es
Ihr Mann wäre?

Frau.

Er ists! es ist mein Mann! es sind meine
Kinder!

Mädchen.

O ihr armen Leute! Liebe Frau, ich will
nach meinem kranken Vater sehen, vielleicht hat
er

er meiner nöthig — wenn ich ihn versorgt habe, dann will auch ich fußfällig den hartherzigen Mann bitten, daß er Ihr das Leben schenken möge. (Ab)

Siebenter Auftritt.

Feldwäbel mit den zwey Kindern.

Frau. (Streckt ihre Arme nach ihnen aus) Mann! Kinder!

Feldwäbel.

Hier hast du sie. Die andere zwey hat der Tod diese Nacht hingerafft.

Frau.

Sie sind todt? Wohl ihnen! Sie haben ihrer Mutter den Weg zum Himmel gebahnt — Ha, Kinder! Mann!

Feldwäbel.

Unglükseliges Weib! was hast du gemacht! (Sie fallen sich einander in die Arme, eine lange Pause.)

Frau.

Keine Vorwürfe, mein Lieber! Komm schlie-
ße

ße mich noch einmal in deine Arme — Es ist
der lezte Tag; vielleicht die lezte Umarmung in
dieser Welt.

Feldwäbel.

O sag mir keine solche harten Worte, oder
ich fluche meinem Daseyn, verfluche jeden Menschen, denn diese Erde trägt. — Du sollst
sterben? Nein . . . Wo ist der Mensch, der
dich zum Tode verdammen kann? — Ich will zu
ihm, will ihm zurufen, was es sey, eine Gattinn von ihrem Manne, von ihren Kindern zu
trennen, und wäre sein Herz so hart, wie Stein,
so muß es sich erweichen lassen.

Frau.

Lieber Mann, gieb dich zufrieden! gieb mir
vielmehr Trost, damit ich meinen Tod standhaft
ertragen könne; bedenk nur dies, ich bin ein schwa-
ches Weib, wie bald könnte die Verzweiflung sich
meiner bemächtigen, und so müßt' ich unbereitet
aus dieser Welt zu meinem Schöpfer wandeln;
von dem ich zulezt noch eine ewig dauernde Strafe zu erwarten hätte. Komm an meinen Busen,
du Trauter meiner Seele! und fühle, wie mein
Herz noch im Todeskampfe für dich schlägt! —
Nur dies bitt' ich dich, vergiß mich nicht,
schenk auch mir manchmal nach meinem Tode
eine

eine zärtliche Thräne; pfleg deiner Kinder, und
kann es seyn, so verhehl ihnen das schrekliche
Ende ihrer Mutter.

Feldwäbel.

Nein, das vermag ich nicht länger auszuhal-
ten. Meine Leiden werden aufs höchste gespannt
— Unglükliches Weib, wie tief beugt mich
dein Unglük! Ich kann dich nicht verlassen.
Wenn du sterben sollst, so verlieren diese armen
Würmer hier Vater und Mutter — denn meine
Vernunft, mein Herz können deinen Verlust
nicht ertragen. Kommt, Kinder, vereiniget
eure Bitten, eure Thränen mit den meinigen!
— Jammert und heult, daß die Wände wieder-
hallen, ringt eure Hände zum Himmel, ruft
euerem Schöpfer zu. — O Gott! erhalt uns
unsere Mutter, und unserm Vater seine liebende
Gattinn; und wenn Gott ein gerechter Gott ist,
so muß er euch erhören, wo nicht, so seyd ihr
zu Elend und Jammer auf diese Welt gebohren,
so werdet ihr noch heute, dies schwör' ich, nicht
nur mutter- sondern auch vaterlose Wayfen,
und wer euch diesen Jammer bereitete, der hat
es auf seiner Seele. (Ab)

Ach-

Achter Auftritt.

Frau allein. (Niederknieend)

Vergieb, du Herrscher aller Wesen, dem peinlichen Ausdruck eines Gatten, der mich zu sehr liebt — wende deine Hand nicht von uns ab — gieb meinem Mann Gelassenheit, und mir — Stärke in meinem letzten Augenblick. Ist es dein Wille, das schreckliche Urtheil an mir vollziehen zu lassen, so sey es — Nur stoß uns nicht von Dir. Wenn du auch hier uns trennest, so ist doch dies mein Trost, daß wir durch deinen Beystand da oben ewig wieder vereiniget werden.

Neunter Auftritt.

Adjutant. Vorige.

Adjutant.

Der Mann ist grausamer, als ein Ungeheuer. Ich habe gebethen, das Bauernmädchen hat gebethen, alles umsonst. — Ich machte ihm tausend Vorstellungen. Ich sagte; daß dieser Fall zu entschuldigen sey. Was ich ihm zu sagen hätte? war die Antwort — Er kenne seine Pflicht besser — Er öfnete die Thüre des Zimmers, und, bey Gott! wär ich nicht gegangen, ich glaube,

glaube, er hätte mich hinaus gewiesen — Nun will ich doch abwarten, ob ihn auch die Bitten des Mannes und der Kinder nicht rühren.

Frau.

O diesen Mann rührt nichts. — Herr Adjudant, verlassen sie meinen Mann nicht, Trösten sie ihn; er braucht einen Freund; würdigen sie ihn ihrer Freundschaft — Gott wird ihnen ein anderes Glück dafür bescheren.

Adjutant.

Liebe Frau! Er war mein Freund schon lange — Ich liebte ihn seiner Rechtschaffenheit halber jederzeit. Nun hab' ich auch eine Bitte an Sie! wie ihr Mann gezwungen, sich von Ihnen zu beurlauben, versprechen Sie mir, standhaft zu seyn?

Frau.

Dazu hab' ich Gottes Beystand nöthig. Ich vermag das Schreckliche dieses Abschieds kaum zu denken.

Adjutant.

Dann muß ich Ihnen auch sagen, ich habe von dem Herrn Obristen Befehl, daß ihrem Manne nicht gestattet werde, Ihren Tod abzuwarten,

warten, sondern blos Abschied von Ihnen zu nehmen.

Frau.

O ich werd' ihn selbst bitten, sich von mir zu entfernen.

Zehenter Auftritt.

Feldwäbel, Vorige, Kinder.

Feldwäbel.

Alles umsonst! für uns ist keine Hilfe mehr in dieser Welt! man hört mich nicht einmal, die Thüre schloß man vor mir zu, als wenn ich ein Mörder und ein Räuber wäre. Hier hast du die Kinder, wenn Niemand dich schüzt, so will ich dich schützen. (Er zieht den Säbel) Izt bieth' ich dem Trotz, der dich tödten will.

Adjutant.

Feldwäbel, nicht so gesprochen, oder ich bin gezwungen, Ihn arretiren zu lassen. Sey er vernünftig und bedenk er, daß wir noch immer Hofnung haben, Gnade zu erhalten; vielleicht hat sein Vater den General bewegt.

Frau.

Vater? wessen Vater?

F   Feld:

Feldwäbel.

Unſer beyder Vater, der mich ſechszehen Jahre verkannte, kam heute ins Lager, uns zu beſuchen, und mich wieder als Sohn aufzunehmen; nach einer Minute Umarmung kömmt die entſezliche Nachricht von Dir. — Er, ohne ſich aufzuhalten, fuhr fort zum General en Chef, um dir das Leben zu erhalten.

Frau.

O Gott, wie dank' ich dir! Er hat alſo keinen Groll mehr auf dich? hat dir vergeben?

Feldwäbel.

Er ſegnete dich und mich — und nun hat er Jammer und Elend, ſtatt Freuden bey uns geſunden.

Frau.

Er ſegnet uns! Heil mir, izt ſterb' ich ruhig, da meine Kinder verſorgt ſind. Nun darf ich nicht mehr fürchten, daß Mangel ihr Loos ſey. Ruhig, lieber Mann!

Feldwäbel.
Ruhig? in dieſer Welt nicht mehr.

Frau.
Lieber Mann, liebſt du mich noch, ſo hör
                                        auf

auf mit so entsezlich stürmenden Ausdrücken; ich
sage dir noch einmal, itt bin ich zum sterben
bereit, mehr, als ich es zuvor war.

Eilfter Auftritt.

Unteroffizier, Bauernmädchen, Vorige.

Mädchen.

(Das Bauernmädchen geht in ein kleines länd-
liches Gärtchen, und pflükt Blümchen zum
Strauß)

Unteroffizier.

Der Herr Grandprofoß hat mir befohlen,
Mann und Weib zu trennen. Ehe die Sonne
untergeht, soll die Exekution vollzogen seyn.

Feldwäbel.

Eh die Sonne untergeht? Ich lasse dem
Herrn Grandprofosen sagen, eh die Sonne unter-
gehe, werde nicht nur die Exekution, sondern noch
hundert schrekliche Dinge den Tag endigen.

Unteroffizier.

(Sieht sich um, ob ihn Niemand hört, sagt
heimlich) Wenn ich rathen dürfte, so lassen sie
die Frau noch eine Bitte wagen; wenigstens er

hält

hält sie Aufschub, weil sie Pardon vom General
zu hoffen glauben; sonst fürcht' ich, wenn es ihm
einfällt, läßt er die Exekution auf der Stelle voll=
ziehn.

Adjutant.

Der Rath ist nicht übel, gehen sie, liebe
Frau, bitten sie noch einmal.

Feldwäbel.

Und wenn sie denn auch vergebens bittet? wie
dann? sind wir darum gebessert?

Adjutant.

Wenigstens hat man das Seinige gethan.
Knall, liebt er seine Frau?

Feldwäbel.

Ob ich sie liebe? O Gott meine Verzweiflung
wird Ihnen sagen, wie heftig meine Liebe ist.

Adjutant.

Gut denn! so befolg er meinen Rath, und
beurlaub er sich standhaft, als wenn er seine
Frau in dieser Welt nicht mehr sehen könnte.
Ueberdenk er, wenn eine Krankheit sie ihm ent=
rissen, oder eine Kugel ihn getroffen hätte, wür=
de Sie oder Er die Sache ändern können? Glaub
er

er mir: standhaft das erwarten, was bevorsteht, ist dem Schöpfer das größte Opfer, das wir ihm bringen können.

Feldwäbel.

Herr Adjutant, mit kaltem Herzen läßt sich leicht philosophiren. Sie haben keine Frau. Werden Sie einmal Gatte und Vater, verlieren Sie in einem Tage eine Frau und zwey Kinder, wie ich sie verlieren, und dann setzen Sie sich an meine Stelle. Sie werden fühlen, daß kein Trost auf Erden ihr blutendes Herz zu heilen im Stande ist.

Adjutant.

Wenn er's aber nun nicht mehr ändern kann?

Feldwäbel.

O freylich! freylich! das ist es eben, was mich so ganz außer mich selbst bringt; die schreckliche Gewißheit, sie nicht retten zu können, wird mich noch um meinen Verstand bringen. Ich kann und werde ohne sie nicht leben.

Adjutant.

Je nu, so muß ich zu meiner und meiner Sicherheit ihm den Säbel abfordern. Gieb er her!

F 3   Feld-

Feldwäbel.

O fürchten sie nichts, Herr Adjutant! ich werde Niemanden Leids anthun.

Adjutant.

Schon recht! aber ich befehl Ihm, den Säbel abzulegen, Abschied von seiner Frau zu nehmen, und mir ins Lager zu folgen. Gieb er her!

Feldwäbel.

Hier ist er! haben Sie nicht auch Macht, mir den Kopf herunter schlagen zu lassen? O! wenn sie das könnten — Herr, kniend wollt' ich Ihnen dafür danken — O! Sie sollten mich so bereitet finden, so willig mein Haupt darstrecken sehen, als es noch je einer that, ich würde meine Kinder meinem alten Vater empfehlen, und dieser würde sie nicht verlassen, und ich dann, Arm in Arm geschlungen, mit meiner lieben Gattinn dahin wandeln, wo wir uns auf ewig vereinigen könnten.

Adjutant.

Guter Mann! wenn es in unserer Macht stünde, allezeit sterben zu können, so oft Gram, oder Elend in dieser Welt uns drücken; dann
wär'

wär' es ein leichtes; aber so müssen wir geduldig abwarten, bis es dem Schöpfer gefällt, allen unseren Leiden ein Ende zu machen.

Feldwäbel.

Nun dann: Du Schöpfer da oben! mein Leiden ist auf das höchste gestiegen, hier knie ich, krümme mich im Staube; erhöre dein Geschöpf, sey mitleidig und voll Erbarmen, lenke die Sache, um mit meiner lieben Gattinn sterben zu können.

Frau.

Nicht diese Bitte, Mann! flehe vielmehr um lange Erhaltung deines Lebens.

Feldwäbel. (Springt auf.)

Du liebst mich nicht so, wie ich dich liebe, wenn Du so sprichst.

Frau.

Ich dich nicht lieben? O Gott! diese heißen Thränen, die um deinetwillen fließen, mögen Zeugen seyn, wie inbrünstig dich deine Gattinn liebt.

Bauernmädchen.

(Kömmt aus dem Gärtchen mit einem Blumenstrauß in der Hand) Liebe Frau, weil ich

F 4   Ihnen

Ihnen doch nichts Gutes erweisen kann, so nehmen Sie dies von meinem guten Herzen, und
wenn sie ja sterben müssen, so bitten Sie bey
Gott, daß er mir meinen Vater lasse; denn
stirbt' er, so hätt' ich gar Niemand mehr in dieser Welt, dem ich zugehörte. Ich bin das einzige Kind, und meine Mutter starb, als ich gebohren ward.

Frau.

Armes Kind! das werd ich. — Ganz gewiß,
werd' ich um lange Erhaltung deines Vaters bey
Gott bitten. Gieb her: diese Blumen sollen mich
ins Grab begleiten. — So leb denn wohl, du
innigst geliebter Gatte, den ich mehr, als mich
selbst liebte. Nimm diesen Kuß von deiner
treuen Gattinn, und diese Kinder als das Erb-
theil meiner aufrichtigen Liebe zu dir. Sorge,
daß man die zwey Kinder, die diese Nacht ihrer
Mutter vorangegangen sind, zur Erde bestatte.
Es sind Engel im Himmel; ihre Mutter wird
bald bey ihnen seyn, und ewig bey ihnen woh-
nen — Nur dich erhalte noch diesen zwey hin-
terlassenen Würmern, und sammle deine lezten
Kräfte, um Vater zu bleiben — Kommt, ihr
armen Kinder, noch einmal an eurer armen
Mutter Busen! — Laßt euch noch einmal fest
an dieses mütterliche Herz drücken, und euch den
lezten

lezten Segenskuß geben. Lebt wohl! Lebt ewig
wohl!

Frau.

(Blickt noch einmal auf ihren Mann und ihre
Kinder, und so geht sie mit den heftigsten
Schmerzen in das Haus hinein. Das Bauern-
mädchen folgt ihr.)

Zwölfter Auftritt.

Adjutant, Unteroffizier, Feldwäbel.

Adjutant.
(Redet mit dem Unteroffizier ganz stille.)
Verstanden?

Unteroffizier.

Ja, Herr Offizier. (Er will die Kinder nehmen.)

Feldwäbel.
(Der die ganze Zeit die Augen starr zur Erde
heftete, fährt auf, als er erblickt, daß man
ihm die Kinder nehmen will.)

Wohin mit den Kindern? Wollt ihr auch diese auf die Schlachtbank führen? soll noch mehr
unschuldiges Blut fliessen? Laßt ab von ihnen,

F 5   oder

oder bey Gott! — Fürchtet ihr vielleicht, sie
möchten einst vor eurer Thür' ein Stück Brod
betteln? O nein, das sollen Sie nicht, das
werden Sie nicht — oder sagt euch euer Gewis-
sen, daß diese armen Würmer einst über euch
bey Gott um Rache schreyen werden? Das
könnte wohl geschehen. — Hier, seht sie an, be-
trachtet sie, und überlegt dann, ob man solchen
armen Geschöpfen eine Mutter mit Recht ent-
reissen kann? (Von weitem hört man stark feuern,
nach einigen Schüssen ruft man.) Dem König
zu Hilfe! der König ist in Gefahr. (Das wird
öfters wiederholt.)

Feldwäbel.

Der König ist in Gefahr? Hören Sie, Herr
Adjutant, man ruft dem König zu Hilfe! Mein
Blut und Leben für ihn. Wo ist mein Gewehr?
Geben sie her. O nur diesmal, Gott im Himmel! nur diesmal regiere meinen Arm, laß mich
meinen König retten; schenk meinen armen Kindern das Leben ihrer Mutter, und laß mich auf
dem Feld der Ehre sterben! nur diese meine
letzte Bitte, o Gott! nur diese noch erhöre! (Ab)

Vier-

Vierter Aufzug.

Erster Auftritt.

Der Scharfrichter allein.

(In seiner Hand ein Schwerd in der Scheide, einen Plaz wählend, wo ihn die Sonne nicht
blendet.)

Hier unter diesem großen Birnbaum mags
wohl am besten seyn, da blendet mich die Sonne nicht. Das arme Weib! ich hätte wahrhaftig geglaubt, sie würde Pardon erhalten, weil
sie noch gar so jung ist. Mich (unter dem Rock
ausziehen) ärgert nur das Geschwäz der Leute,
die da sagen, unser einer habe kein Erbarmen
mit den Menschen. Ja, guten Morgen! Besser wär' es freylich, wenn man in dem Augenblicke, da man seine Pflicht thut, nicht an Menschen dächte; wenigstens dürfte man nicht befürch-
ten, unglüklich zu richten. Ich will nur mein
Fläschlein aus der Tasche nehmen. Vielleicht ver-
treibt es mir die Angst — Mein Vater zwar,
Gott habe ihn seelig! hat viel darauf gehalten.
Der hätte keinen Menschen gerichtet, ohne so
einem Schlükchen vorher; hat aber auch, so lange
ich denke, nie unglüklich gerichtet. (Er trinkt.)

Zwey-

Zweyter Auftritt.

Grandprofos, Scharfrichter.

Grandprofos.

Bist du fertig?

Scharfrichter.

Ja Ihro Gnaden!

Grandprofos.

Sie wird gleich hier seyn, mache deine Sa che nur kurz.

Scharfrichter.

Von mir soll sie nicht aufgehalten seyn. (Er nimmt das Schwerd aus der Scheide, legt es auf seinen Mantel der auf der Erde liegt.)

Grandprofos.

(Ruft in das Bauernhaus.) Unteroffizier! so bringt sie nur einmal heraus.

Dritter Auftritt.

Unteroffizier, Vorige.

Unteroffizier.

Denn Augenblick Euer Gnaden, sie schreibt nur

nur noch einige Zeilen an ihren Mann; dann
hat sie gebethen noch einmal beichten zu dürfen.

Grandprofos.

Ih sie wird doch nicht ewig beichten und be-
then —— ich denke, sie hätte Zeit genug gehabt, sich
zu bekehren. Bringt sie heraus. Es ist schon
drey Uhr; ich werde nicht den ganzen Tag mit ihr
vertragen. (Man hört biswejlen einige Schüsse.)

Scharfrichter.

Das knallt! die Vorposten müssen sich gewal-
tig bey den Ohren haben, weil sie so erstaunlich
schießen.

Grandprofos.

Hahaha! Hast du vorhin den blinden Lärmen
nicht bemerkt, wie einige rufsten: der König ist
in Gefahr? Das sind lauter Pfiffe des Herrn
Obristen, damit die Exekution nicht vor sich gehen soll. Ich soll sie begnadigen; schreibt er
mir: Wenn ich auch Gnad ertheilen könnte, so
geschähe es gewiß nicht um deinetwillen, sondern
aus eigenem Triebe; weil das Weib noch jung
und mit Kindern belegt ist. Aber ich muß meiner Vorschrift folgen. — Der Herr Obrister
werden vermuthlich einige von seinen Leuten hier
in die Nähe geschikt haben, um mir ein Blend-

werk

werk zu machen; diese Kniffe kennt man ... Mein
lieber Obrister! du warst nicht weniger pünktlich
bey Cassirung meines Sohnes, du schiktest sorg-
fältigst jeden Fehler dem Hofkriegsrath ein, damit du ihn dir vom Halse schaffen könntest. Ich
wünschte nur die Gelegenheit zu haben, dir ein
gleiches erweisen zu können.

Scharfrichter.

Gnädiger Herr! soll denn die Frau wirklich
eine Offiziers Tochter seyn, wie sie sagt.

Grandprofos.

Das mag seyn! O die Leute sagen viel, wenn
sie in meine Hände gerathen; sie glauben dadurch
ihr Leben zu erhalten — Meinetwegen war ihr
Vater Staabsoffizier, Sie muß dennoch sterben. Der Rang des Vaters schützt kein Kind
für Verbrechen.

Vierter Auftritt.

Vorige, Frau.

Unteroffizier.

(Mit zwölf Mann Wache. Die Frau in der
Mitte, den Blumenstrauß in der Hand; das
Mädchen folgt ihr weinend; etliche Bauern
und Bäurinnen, die zuschauen.)

Frau.

Frau.

Ø Gott! verlaß mich in meinen lezten Augenblick nicht — (Sie sieht sich um.) Mein Mann
und meine Kinder sind nicht mehr hier? Auch
gut! Ich wäre so ruhig vielleicht nicht gestorben.

Grandprofos.

Man formire den Kreis. (Er liest) „Nach-
„dem von Seiten Sr. Exzellenz dem komman-
„direnden Herrn General, den Ersten dieses der
„schärfste Befehl zu Vermeidung aller möglichen
„Unordnungen bey der ganzen Armee kund ge-
„macht worden; daß man bemüßiget sey, um
„das überhand genommene Marodiren abzustellen,
„dem Grandprofosen täglich dreymal um das
„Lager patroulliren zu lassen; ihm aber mit der
„uneingeschränkten Vollmacht zu versehen, jed-
„weden Thäter, welcher auf der That irgend ei-
„nes Erzesses oder Diebstals, es mag nun Na-
„men oder Werth, wie ihm wolle, haben, oh-
„ne Ansehn der Person, des Standes, Ge-
„schlechts, Ranges, oder Alters auf der Stelle
„nach den ihm vorgeschriebenen Verordnungen zu
„justifiziren; als wird Josepha Knall, gebohrne
„Greifenstein, des weiland Herrn Hauptmanns
„Joseph Greifenstein Fräulein Tochter, wegen
„einer dem Bauern Adam Holzmann zugefügten
„Desraudirung eines Indians zu folge dieses
„ernste

„ernſtgemeſſenen Befehls, durch das Schwerd
„vom Leben zum Tode hingerichtet.“   Gott ſey
deiner armen Seele gnädig.

Frau.

O ja! Er wird mir gewiß gnädig ſeyn. Freymann; ich bitt Ihn noch einmahl, mich recht zu
richten.

Scharfrichter.

Sorge Sie nicht, gute Frau; ihre Leiden
ſollen ſich bald endigen.

Frau. (Zum Bauernmädchen.)

An dich liebe Kleine habe ich noch eine Bitte.
(Sie zieht ein kleines Papier aus dem Buſen.)
Hier dieſe Zeilen bringſt Du meinem Mann,
wenn ich nicht mehr bin.   Sage ihm: ſie ſind
in den lezten Augenblicken meines Lebens in der
größten Todesangſt von mir geſchrieben — Er
ſoll ſie aufbewahren, als das lezte Angedenken
ſeiner treuen Gattinn.   Küße mich, und wenn du
meine Kinder einſt im reifern Alter ſehen ſollteſt,
ſo bring ihnen dieſen Kuß von ihrer unglüklichen
Mutter.   Verhehl ihnen aber das ſchrekliche Ende meines Lebens.

Fünf-

Fünfter Auftritt.

Laufer, Vorige.

Grandprofos.

Was wollt ihr?

Laufer. (Zum Grandprofos)

Gnädiger Herr, ich bin der Mann, der heute früh dem Tod so nahe war, wie diese arme Frau; an dessen Begnadigung, sie und ihr Mann so großen Antheil nahmen, daß sie heute Mittag mir eine Mahlzeit zubereiten wollten. Dürstigkeit des Geldes; Scham, ihr Wort nicht halten zu können, ist der Grundstein ihres Unglüks. Ach gnädiger Herr, wenn es ja Fehler ist, daß sie das Geboth übertreten, so ist es ja ein kleiner verzeihlicher Fehler. Lieber Gott! wenn alle die gerichtet würden, die die Gesetze übertreten oder nicht nach des Monarchen Willen handeln, so würde bey einer unpartheyischen Untersuchung mancher seinen Kopf hergeben müssen. Wenn sie aber glauben, daß heute noch Blut verspritzt werden soll; so nehmen sie das meinige, sättigen Sie sich damit. Blut ist ja Blut, dächt' ich. Sorgen sie nicht, daß ich Sie dort bey Dem, der Alles weiß einst anklage. O nein! ich will noch flehentlich für sie bitten, bis er mich erhört und Ihnen die Gnade ertheilt, Sie als Mensch umzuschaffen.

G   Grand-

Grandprofos.

Schade Kerl! daß du nicht in meinen Händen bist; daß ich dir die Gnade erweisen kann,
um die du so flehentlich bittest. Aber was nicht
ist, kann noch werden. Du bist dem Galgen
noch nicht entlaufen.

Laufer.

O mein Herr, so wenig werd ich um eines
Verbrechens willen in ihre Hände gerathen —
Aber diese arme Frau zu rächen soll künftig meine Sorge seyn. Morgen geh ich zum König,
und schildere Sie vom Kopf bis zu den Füßen
ab — der König soll es von mir hören, was für
einem Unmenschen er dieses Amt anvertraut hat.

Grandprofos.

He, Wache! In Arrest mit ihm; bewacht
ihn sorgfältig. Nach der Exekution führt ihn
geschlossen zum Regiment zurück. Wart, Kerl,
du sollst für dein loses Maul gepfeffert werden.
Führt ihn ab.

Laufer. (Auf die Seite.)

Herr, ich möchte heute um Mitternacht,
wenn die Glocke zwölf schlägt, bey Ihnen seyn.

Grandprofos.

Wie so?

Laufer.

Um zu sehen, wie Sie der Teufel mit Leib
und Seel in die Hölle führt. (Ab.)

Grand-

Grandprofos.

Schon recht! Wart' Kerl! (Zum Freymann.) Nun was ists mit euch? Was säumt
ihr so lange? Macht fort!

Scharfrichter.
(Nimmt die Frau beym Arm.)

Frau.

Rührt mich nicht an. — Laßt mich alleine
gehen.

Adjutant. (Ruft von innen.)
Zurück Freymann!

Scharfrichter.

Wer ruft?

Sechster Auftritt.

Adjutant, Vorige.

Grandprofos.

Was giebts? Herr Adjutant! Was unter-
stehen Sie sich, in meine Rechte einzugreifen?

Adjutant.

Sie sollen es gleich hören. (Reißt der Feld-
wäblinn die Binde von den Augen, und hält sie
halb ohnmächtig in seinen Armen.) Mein Herr
Obrister schikt mich, Ihnen zu melden, daß Sie
mit der Exekution zurück halten sollen. — Ihre
erste Pflicht ist, sagt er, mit ihrem Kommando

dem

dem König zur Hilfe zu eilen, denn Er ist in
Gefahr; unser ganzes Regiment eilt Ihm entgegen; und Sie, der Sie so nahe bey Ihm waren, hörten von der Gefahr, blieben ganz ruhig
hier, da doch ihre Leute, alle mit Pferden versehen, ihn bald befreyen konnten.

Grandprofos.

Wissen Sie, Herr Adjutant, daß ich ihrem
Obristen einen Prozeß an den Hals hänge, weil
er mich hindert, meiner Pflicht nachzukommen?
Ich bin nicht des Raufens wegen, sondern um
die Gesetze fest zu halten, hieher beordert. Ich
werde ihn bey dem Generalkommando verklagen.

Adjutant.

Das können Sie! Indessen hört die Exekution auf, bis ich andere Ordre habe. Ihr aber,
Männer! wollt ihr eurer Pflicht nachkommen, so
eilt dem Könige entgegen. Ihn zu retten, sey
eure erste Sorge.

Alle.

Blut und Leben für unsern König! (Alle ab.)

Grandprofos.

Bravo, Herr Kommandeur! So wie ich sehe,
werden ihre Befehle pünktlich befolget; aber ich
fürchte, der Kommandostab wird Ihnen aus den
Händen fallen, und sich in Ketten verwandeln.

Scharfrichter.

Gnädiger Herr, bey dieser Verwirrung richte
ich

ich heute nicht mehr, und wenn Sie mir tausend
Gulden gäben. Ich würde wenig Ehre davon
haben.

Grandprofos.

Herr Adjutant, wissen Sie, wer ich bin?

Adjutant.

Was das für eine Frage! Sie sind Grandprofos, und weiter um kein Haar mehr.

Grandprofos.

Wissen Sie auch, wie weit seine Macht geht?
Daß er von niemand als vom Generalkommando
Befehle anzunehmen schuldig sey.

Adjutant.

Das mag seyn. Vor diesmal aber müssen
Sie sich gefallen lassen, Sich von mir im Namen meines Herrn Obristen befehlen zu lassen.

Grandprofos. (Spöttisch zieht den Hut ab.)

Sobald Ihr Herr Obrister mein General seyn
wird.

Adjutant. (Thut ein Gleiches.)

Was nicht ist, kann noch werden.

Sie

Siebenter Auftritt.

Vorige, Unteroffizier.

Unteroffizier,
(Kömmt mit den Soldaten zurück.)

Die feindlichen Vorposten haben sich schon zurück gezogen. — Der König soll außer Gefahr seyn; aber doch will niemand wissen, wohin Er sich retirirte.

Grandprofos.

Also, mein Herr Adjutant, wenn ich bitten darf, retiriren auch Sie sich. Das können Sie sich leicht vorstellen, daß mich niemand mehr an der Ausübung meiner Pflicht hindern soll.

Adjutant.

Die Exekution bleibt verschoben unterdessen so lange, bis ich andere Ordre habe.

Grandprofos.

Das will ich doch sehen. He, Freymann!

Scharfrichter. (Tritt vor.)
Gnädiger Herr!

Grandprofos.
Thut euere Schuldigkeit.

Scharfrichter.

Gnädiger Herr! Heute kann ich, weiß Gott! nicht mehr.

Grand=

Grandprofos.

Nun, Bravo! Zulezt wird alles widerspen-
ſtig. Mordbataillon! ich will euch zeigen, daß
ich Grandprofos bin. — Führt ſie fort, ſag ich
zum leztenmal, Freymann, thut euere Schuldigkeit; oder ich laß euch auf der Stelle arque-
buſiren.

Scharfrichter.

Nun, ſo ſey es; aber alles auf ihre Rechnung, Herr Grandprofos! Auf mir ſoll kein
Tropfen von dieſem unſchuldigen Blut hängen.

Unteroffizier.

Marſch!

Frau. (Wird abgeführt.)

Achter Auftritt.

Adjutant, Grandprofos.

(Man hört von weitem läuten.)

Adjutant.

Herr Grandprofos, vielleicht werden Sie
morgen nicht ſo handeln; Unſchuld hat noch jederzeit ihren Rächer gefunden. (Ab.)

Grandprofos.

Hahaha! worüber ich lache.

G 4 Neun-

Neunter Auftritt.

Grandprofos, Ordonanz. (Mit einem Brief.)

Grandprofos.
(Erbricht den Brief und sieht auf die Unterschrift.)

Ah! vom Herrn Obristen. — So was muß man mit Uiberlegung lesen. (Ab ins Haus.)

Zehnter Auftritt.

Das Theater verwandelt sich in das Zimmer des Grandprofosen.

Grandprofos.
(Kömmt mit dem Brief in der Hand.)

Laß doch sehen, was er schreibt, vermuthlich eine Moral. (Liest.) „Wenn ich Ihnen als „Freund rathen soll, so schonen Sie das arme „Geschöpf. Sie ist Mutter; und wenn Sie „dieses nicht rührt; so muß ich Ihnen in Kürze „sagen, daß der Mann von diesem Weibe den „König ganz allein rettete. — Er fochte wie „ein Held, riß dem Reitknecht des Königs, sein „Pferd aus der Hand, schwang sich auf selbiges; „eilte damit in das Getümmel; machte den „Schild seines Königs, und dekte Ihn. Se. „Majestät überreichten ihm den Degen, und „spra·

„sprachen : Sie sind Hauptmann und Ordensrit-
„ter; eilen Sie zu ihrer Frau, und bringen Sie
„selbe zu mir.„ — Hahaha! wie der Herr
Obrister sich bemüht, meine Rache nicht aus-
üben zu können.

Eilfter Auftritt.

Fähndrich, Grandprofos.

Fähndrich. (Mit fliegenden Haaren.)

Wo ist meine Schwägerin? Sie lebt doch
noch?

Grandprofos.

Sie hat gelebt.

Fähndrich.

Sie hat gelebt? Ha, Unmensch! du konn-
test sie tödten?

Grandprofos.

Nicht ich; die Gesetze.

Fähndrich.

Armer Bruder! du warst so glüklich, dem
König zu retten, du wurdest dafür belohnt. —
Was hilft dir nun diese Belohnung.

G 3   Zwölf-

Zwölfter Auftritt.

Scharfrichter. (Mit Soldaten.) Vorige.

Scharfrichter.

Herr Grandprofos! ich bitt' um meine Entlassung. — Das war der lezte Kopf, den ich auf ihren Befehl wegschlug. Aber Gott sey Ihnen gnädig, wenn der König —

Grandprofos.

Schweig, toller Kopf! Ich kenne die Befehle des Königs.

Scharfrichter.

Des Königs, sagen Sie? — Nein, Herr Grandprofos, das kann der König nicht wollen. Da, sehen Sie, ist mein Schwerd, und bey Gott und allen Heiligen sey es geschworen; die Hand da soll mir wegfallen, wenn ich Sie je für meinen Herrn, oder für meinen Richter erkenne. (Ab.)

Dreyzehnter Auftritt.

Grandprofos, Adjutant.

Grandprofos.

Was wollen Sie, Herr Adjutant?

Adjutant.

Ihnen sagen, daß ich unter der Sonne keine so schwarze Seele kenne, als Sie sind?

Grand=

Grandprofos:

Zum letztenmal, Herr Adjutant, keine Beleidigung mehr, oder ——

Adjutant.

Beleidigung? So ein Mensch, der für nichts Gefühl hat, dessen Herz von Stein ist, sollte noch empfinden können, was Beleidigung ist? Hören Sie, wenn es anders ihre Unmenschlichkeit zuläßt, zu hören. —— (Liest.) „In dem „Augenblicke, daß der Grandprofos die Begna„digung erhält, gehen Sie ihm keinen Augen„blick von der Seite.„ Sie haben die Begnadigung erhalten. —— Wo ist sie?

Grandprofos:

Hier ist sie, aber sie kam zu spät.

Adjutant.

Zu spät? Es ist nicht wahr; Sie hatten die Begnadigung schon in Händen, ehe sie das arme Weib morden ließen. *

Vierzehnter Auftritt.

Hauptmann, Vorige, Fähndrich.

Hauptmann. (Noch in der Szene.)

Wo ist er? Wo ist der Mörder? —— Ah hier! Bist du nun abgekühlt an dem Blute meines unschuldigen Weibes? Bist du nun gesättiget? Du Teufel in Menschengestalt.

Grand:

Grandprofos.

Herr Hauptmann! ich mache meine Gratulation zu ihrer neuen Charge; ich kann weiter nichts, als Sie bedauern.

Hauptmann.

Wirklich? Ja, Heuchler! so heuchelt Satan, wenn er Menschen ins Verderben stürzt. Was hält mich ab, daß ich deine schwarze Seele nicht gleich zur Hölle sende? — Vertheidige dich! (Zieht den Degen.)

Grandprofos.

Wache! befreyt mich von diesem Rasenden. (Die Wache tritt herzu, windet ihm den Degen aus der Hand. Der Hauptmann reißt einem Soldaten das Gewehr aus der Hand, und erschießt den Grandprofos.)

Hauptmann.

Da fahr zur Hölle!

Grandprofos.

Ha! (Röchelnd.) Ha! (Stirbt.)

Adjutant.

Herr Hauptmann!

Fähndrich.

Unglüklicher Bruder!

Hauptmann.

Da sieh herab, Gattinn! Sieh, wie ein Teufel zur Hölle fährt. Hahaha! sagt ich nicht,

daß

daß noch schrekliche Dinge diesen Tag endigen würden. Es hat eingetroffen; ich bin gerochen. — Itzt — bin ich euer Gefangener.

Fünfzehnter Auftritt.

Obrister, (Mit Soldaten.) Vorige.

Obrister.

Was seh ich? Ich will doch nicht hoffen, Herr Hauptmann —

Hauptmann.

Ja, Herr Obrister! Ich war's, der diesen ungerechten hartherzigen Richter zur Erde strekte.

Obrister.

Unglüklicher Freund!

Hauptmann.

Nicht unglüklich! denn ohne meiner Gattinn fühl ich kein Glück mehr in dieser Welt. Nur noch eine Bitte an Sie, Herr Obrister. Ich kenne die Gesetze; weiß auch, daß Sie mich zum Tode verdammen müssen. Ich warte meinen Tod standhaft ab. — Aber nur noch diese einzige Bitte, daß ich an die Stätte meiner Gemahlin begraben werde. Wo sind meine Kinder?

Sech:

Sechzehnter Auftritt.

Bauernmädchen, Vorige.

Mädchen.

(Das unter der Rede die Kinder in der Entfernung gehalten.)

Hier!

Hauptmann.

Karl! Friz! ihr habt keine Mutter mehr, bald werdet ihr auch keinen Vater mehr haben. — Bruder! da nimm sie, bring sie meinem alten Vater. — O mein väterliches Herz! Kinder, lebt wohl! Herr Obrister, leben Sie wohl! Kommt, führt mich.

Fähndrich. (Geht nach.)

Bruder!

Obrister.

Schreklicher Tag! — O Menschen! Menschen! daß ihr nur blos Gefühl für die gerechte Sache hättet; daß euch nie Rachbegierde beherrschte, und — und es würde oft nicht so viel unschuldiges Blut die Erde färben.

Ende des Trauerspiels.